緑衣の美少年

西尾維新

目次

足利飆太（あしかがひょうた）
双頭院学（そうとういんまなぶ）
瞳島眉美（どうじまゆみ）
偵団
TANTEIDAN
Illustration キナコ
Design Veia

咲口長広（さきぐちながひろ）
袋井満（ふくろいみちる）
指輪創作（ゆびわそうさく）
BISHONEN
美少

緑衣の美少年

美少年探偵団団則

1、美しくあること
2、少年であること
3、探偵であること

0　まえがき

「（一番の自信作を訊かれて）次回作です」

誰もが知る映画スターにして喜劇王、チャールズ・チャップリンの台詞である――『誰もが知る』と言った次の行で早速白状しておくけれど、わたしは彼の映画を見たことがない。中学二年生に無茶を言わないで欲しいところだ――今のわたしの知見でその面白味をあますところなく受け取れるとは思えないし、それに、迂闊に背伸びをして、わたしの中にある喜劇王イメージを壊したくないというのもある。大スターに変に詳しくなると、入れたくない情報も入ってくる世の中なので。

真面目な話、冒頭で引用したような受け答えは、常に未来を、そして高みを見据えたクリエーターのヴィジョンがうかがえる名言のはずなのに、わたしのようなクズの理解力にかかると、『いや、そういうことを訊いているんじゃないんですけれど』みたいに、はぐらかされた感を否めないだろうと思ってしまう。『どうして山に登るんですか？』という質問に、『そこに山があるからだ』と答えるようなものだ——知りたいのは、だから、そこにある山に登る理由だと言うのに。

野暮である。俗である。

なので、（わたしのイメージの中の）喜劇王は、志の高さやヴィジョンを表現するためにそんな答を返したのではなく、ギャグとして言ったんじゃないかというのが我が持論だ——『ほぉお……』となったんじゃなくて、『どっ！』となったんだと思う。

そんな仮説を唱えてみたい。

「言いたかったのは自信作なんて時と場合と気分によっていくらでも変わるってことだろうよ。なんでもかんでも茶化して文句をつけやがって。お前は連載漫画の内容に突っ込みを入れるタイプのアオリ文か」

と、風刺映画みたいな風刺を利かせてきたのは不良くんだった……、突っ込みを突っ込みで例えられてもわかりづらいな。七十八点。

「やかましい。そこそこ高評価じゃねえかよ。俺としてはそれ以上は望まねえよ。大体にして、だったらお前は、そんな質問にはどう答えるのが正解だって思うんだ？　ええ？　平成の喜劇王」

ハードルを上げるな。高評価に高評価を返して欲しかったわけじゃない。

でも、そうだな。

わたしがもしも将来大成して、世界に名だたる映画スターになったとして……、百作以上の作品をクリエイトしたとして。

一番の自信作は？　と訊かれたら。

「自信作？　それは中学生の頃に仲間達と初めて撮った、安っぽい映画ですよ」

チープで幼稚で子供っぽく。

何より少年のようだった。

1　告知文

第一回
全国中学生芸術文化映画祭のお知らせ

題目／『裸の王様』（アレンジ可）

応募要項／①5分～15分の映像作品。（アニメーション・CG可）

②人数制限なし。
③予算制限なし。
④ただし芸術的・文化的な内容に限る。
審査基準／指定の動画サイトに投稿。純粋な閲覧数のランキングを基準とする。後述の
課題をクリアしていないと判断された作品は失格。
賞品／賞状・メダル。
奨学金の支給。
課題／『馬鹿(ばか)には見えない服』を表現すること。

胎教委員会
芸術文化啓蒙(けいもう)部

2 製作会議

「いろいろ考えてみましたが、結論から述べますと、この辺りからアプローチするのがベストでしょうね」

と、先輩くんは相変わらずのうっとりするようないい声で言いながら、テーブルの上に一枚のビラを置いた――放課後の美術室に、現在集合している美少年探偵団のメンバーは、先輩くんこと元生徒会長こと『美声のナガヒロ』こと咲口長広先輩と、わたしこと現生徒会長こと『美観のマユミ』こと瞳島眉美と、天才児くんこと指輪財団御曹司こと『美術のソーサク』こと指輪創作くんの三名である。

天才児くんは基本的に寡黙で無口で静寂で全休符でミュートで消音であり（わたしのことが嫌いなのかもしれない）、一週間に一度発言すればいいほうなので、事実上、この『対策会議』に参加しているのは、わたしと先輩くん、新旧生徒会長のふたりだけということになる。

だったらもういっそのこと生徒会室で話せよと言われるかも知れないけれど、しかしわたし達は栄えある（？）美少年探偵団のメンバーなのだから仕方ない。

美術室は守るべき探偵事務所である。

「映画祭……、ですか」

先輩くんの意図がさっぱり読めず、とりあえずわたしは、ビラに書かれている文章を音読する。

わかっている振りをしなければ。

「え？　つまり、美少年探偵団で自主製作映画を作ろうということですか？　なんかそれ、企画としてゆるくないですか？」

「ゆるい企画と言わないでください」

「学園ものの定番じゃないですか。巻末の番外編でやるようなノリですよ。シリアスな場面を数ページ描写したあとで、『カット！』と声がかかるような、そんな作中作みたいな演出をしろと言うのであれば、わたしも語り部として、チャレンジさせてもらおうとは思いますけれど」

ただ、わたしの語り部としての信用は薄氷のごとしなので、あまり効果は見込めないだろう——『どうせこのあとカットの声がかかるんだろ？』と類推されてしまうのは、心外もはなはだしい。

「それとも、実はこの場面こそがわたし達の製作した映画だったというオチにしましょうか」

「だったらこの際、あなたの存在そのものが虚構だったというオチにしてくださいよ、眉美さん」

いい声だから危うく聞き逃しそうになったけれど、割と酷いことを言われていた……、存在が虚構って。

わたしを嫌っているのは先輩くんだったのか。

「あなたの語り部としての資質は尊重するとしても、よく読んでください、眉美さん。明記されているこのコンクールの、主催者の名前を」

「主催者の名前……？」

そもそもコンクールの名前からしていかがわしい。

いかめしいと言ってしまってもいい。

全国中学生芸術文化映画祭って。

いやいや、芸術も文化も素晴らしい。ブラボーと称えたい。

それはこの数ヵ月、美少年探偵団のメンバー、新入りとして活動して来て、わたしもそれなりに学ばせてもらったことだ……、学ぶ。

そう、まさしく美学である。

芸術も文化も素晴らしい——ただしどうだろう、それを『芸術文化』と、四字熟語化した途端、なんだかとても下品な空気が漂ってくる。

ブラボーとは言いにくい。

しかも挙句に『祭』ときたものだ。

その胡散臭さを受けて、わたしもついつい、茶化してしまったところはあるが（嘘だ。

わたしはいつでもなんでも茶化す)、

「胎教委員会、芸術文化啓蒙部……？　あ！」

と、遅まきながら気付いた。

いやいや、『芸術文化』に、更に『啓蒙』の二文字までプラスされた、その独特の言語センスに気付いたのではなく……。

「ほら、見て、天才児くん！　胎教委員会って、あの！」

「ソーサクくんはとっくに気付いて、あなたを見下していましたよ、眉美さん」

思わず椅子から立ち上がってしまったわたしのオーバーリアクションに、呆れたように先輩くんは肩を竦める——中学生が肩を竦めるな。

天才児くんはわたしを見下したりしない。無視するだけだ。

「そうです、胎教委員会——我らがライバル校である髪飾中学校を退廃させた、第二の教育委員会を自称する、危険組織ですね」

「退廃……、ええ、まさしく退廃でしたね」

あるいは大敗と言うべきかもしれない。

本校の生徒会長として、あるいは『美観のマユミ』として、ライバル校に潜入調査してきたわたしは、そう思う……、学び舎の中をバニーガールが跋扈するような状態を、他にどんな言葉で表現すればいい。

もっとも、その潜入調査にあたって、わたしもしっかりバニーガールの格好をしていたことも明記しておかねばフェアではないが……、ちなみに、今現在は、いつもの男装姿である。

これが今の、わたしの『いつも』。

美少年探偵団のメンバー、瞳島眉美。

「え……、じゃあ、この映画祭も、胎教委員会の策略のひとつってことなんですか？　あ、でも、確かに……」

芸術文化映画祭――いかにも連中らしいと、感じなくもない。いや、『連中』と呼べるほど、わたしはその組織のテイストを熟知しているわけではない。その存在は闇に包まれていて、誰ひとりその正体を知る者はいないのだから――などと語れば、まあ一種物語めいてくるのだけれど、しかしそういうわけでもない。

ないない尽くし。

むしろ公式ホームページまで持つ、なんとも堂々とした組織である……、髪飾中学校の生徒会長、札槻嘘くんからの情報提供を受けて、わたし達はすぐに胎教委員会の詳細を知ろうと活動を――探偵活動を始めたものの、それでわかったのは、彼らが公の存在であるということだ。

ないない尽くし、どころか、あるあるだった。

政府から委託を受けた民間組織。

表向きには、詰め込み型・暗記型の行き過ぎたカリキュラムを是正するために、芸術系の科目の普及を推し進めるために設立された非営利・無報酬のボランタリーな委員会である——なんて立派な。

ご立派な。

そこだけ切り取れば、胎教委員会の指針は、美少年探偵団の理念に——あるいは団則に、まるで反するものではない。むしろその言やよし、である——出会いかたによっては意気投合してもおかしくない。

ただ……、わたしが札槻くんから聞いた彼らの実体は、そして彼らが指輪学園に送り込んできた刺客の実体のなさは、そんな生ぬるいものでも、そんな生やさしいものでもなかった。

もっと本格的に。

ぬるく——優しいものだった。

焼け焦げたぬるさに、煮えたぎる優しさ。

どう出会っても、敵対するしかない。

「数学や理科、国語や歴史を勉強したくないという子供は、もう放っておけばいいじゃないか——『学校の勉強なんて将来何の役に立つの？』なんて聞いてくる生徒は、何の役にも立たないのだから」

先輩くんは、その声を低めて——いかにも悪の組織のトップっぽい声を作って、胎教委員会の理念を語った。

ぞっとする。ちょっとした怪談よりも。

わたしを怖がらせてどうするんですか、先輩くん。

「悲鳴をあげて抱きついちゃいますよ？」

「美術や音楽の推進は、彼らにとっては戦略でしかないということでしょうね。理念なき知謀です」

わたしが熱烈なハグをほのめかすと、先輩くんは一瞬で声を戻した。この野郎。

「いわば選別の手段として。アートに溺れるような人間は、勉学に勤しむ資格なしとでも言いたいのでしょうか」

物腰柔らかで、（わたし以外の）後輩に対しても常に丁寧に接する先輩くんだが、しかし今はその言葉の端々に、胎教委員会に対する憤りを感じる——学校のことで言えば、あと約一ヵ月ほどで卒業する三年生である先輩くんが、指輪学園中等部の未来を憂う理由はないのだけれども、しかし元生徒会長の責任として、現状を看過することはできないようだ。

いや、理由はあるのか。

美少年探偵団のリーダーである双頭院学は、小五郎——初等部所属の小学五年生で、彼が数年後入学してくる中学校が、間違っても退廃していていいわけがないのだから。

美しくなくて、いいわけがない。

「ましてこのままだと、先輩くんの小学二年生の婚約者が入学してくる頃には、どうなってしまうかわからないですものね。湖滝ちゃんのバニーガール姿なんて、いくらロリコンの先輩くんだって見たくないですよね」

「私はロリコンではありませんよ。親が勝手に決めた婚約者がたまたま小学二年生だっただけです。そして湖滝さんのバニーガール姿はホームパーティでよく見ていますので今更です」

「おい、今なんつった。今更なんつった」

「知名度は低くとも、表向きが公の存在であるだけに、これまで胎教委員会に対しては、具体的なアプローチの手段がありませんでした——近寄りがたいと言いますか。まともに接点を持とうとすれば、手続きに嫌となるほど時間がかかり、たらい回しにされること請け合いです……、そんな不毛な足踏みをしている間に、彼らは目的をすんなり達成してしまうことでしょう」

その通りだ。

実際、悪の組織と戦うのだったら話はとてもわかりやすい——たとえば犯罪集団『トゥエンティーズ』と敵対したのなら、展開はシンプル極まる。勧善懲悪とは言わないにせよ、それに近いストーリーラインを辿れるのだから。

だが、文字通りの『第二の教育委員会』となると、そんなものを正面から打倒してしまえば、こちらが悪の組織である……、かと言って、正当な手続きを踏むには、状況が切羽詰まっている。

万策尽きる——のではなく、尽きる万策がない感じだ。

「なるほど……。だから、映画祭なんですね」

ゆるい企画どころではない。

ベストどころか、これはプランナーとしての先輩くんが捻り出した、唯一の案なのだろう……、敵の懐に飛び込むようなものだけれど、このコンクールで見事優勝してみせれば、彼らとの接点が生まれる。

相手の土俵に乗れる。

つまり、わたし達には珍しいくらいの探偵らしい潜入調査とも言える……、優勝とは言わないまでも、入賞が絶対条件になってくるけれど。

「さすが先輩くん……、わたしが長縄さんとコスプレ撮影会をして遊んでる間に、こんな起死回生のプランを練っていただなんて……」

「生徒会活動も、きちんとおこなってください。早速退廃しているじゃないですか。長縄さんも一緒になって。私が育てた優秀な副会長を、あなたのクズで台無しにしないでくださいよ」

わたしのせいで長縄さんが退廃したみたいな言いかたはやめてほしい……、あの副会長はあなたの前では猫をかぶっていただけですよ。

「まあ今はふたりで猫耳をつけていますけれどね！」

「眉美さんに初めての友達ができたみたいで何よりですよ」

「自分は決して友達じゃないと言いたげじゃないですか、親友くん」

「今度親友くんと呼んだらクビですからね」

そんな強大な権限があるの？　副会長ならぬこの副団長には。

ロリコンと呼んでも窘められるだけなのに、親友と呼んだらクビになるとは……、わたしの人徳が計り知れる。

「ともかく、よく頑張りましたね。わたしは先輩くんをねぎらいます」

「なんとも報われない褒められかたですね」

「たとえ世界中の誰もがあなたのアイディアを否定したとしても、わたしは先輩くんの味方です」

「そんな前提を出された時点でテンションが下がりますよ」

「でも、それでもやっぱり、出し抜けに映画作りと言われましても……、芸術の分野でも、ちょっとこれまでとはジャンルが違うイメージですね」

漠然とそう思う。

本当に感覚的な感覚で。

「えっと、この場合の映画っていうのは、トーキー映画のことを指すと考えていいんですよね？」

「普段はモノクロの無声映画ばかり見ているかのような発言は控えてください、眉美さん」

「では、映画のことを銀幕と呼ぶのもやめておきます。題目の『裸の王様』は、いかにも学芸会のテーマっぽいですけれど……、胎教委員会の実体を知っている身としては、なんだか意味深なテーマですよね、これって」

「まさに」

アレンジ可、と書いてあるので、あの誰もが知っている有名な童話を一言一句違わずにそのまま演じろということではないだろう……、むしろそこで、がっつり個性を出さなくてはコンクールは勝ち抜けないのかしら?

個性、か……。

しかし、芸術的・文化的な内容に限るというただし書きも気になるところだ……、題目が『裸の王様』だからと言って、生足くんを主役にした『裸足(はだし)の王様』なんかを作っても、まず入賞はなかろう。

門前払いだ。

「とは『限りません』よ。『限る』と言いながら、その基準は極めて曖昧(あいまい)です……、何が芸術で何が文化かなんて、誰にも線引きできるものではないのですから」

そこを胎教委員会は悪用しています――と、先輩くん。

悪用とな?

「実際、現在閲覧できる投稿作の大半は、酷いものですよ」

「酷い? おやおや、先輩くんの言葉とは思えませんね。配慮に欠けること、この上ありません。他人の作品を、そんな風にけなしてはいけないと思います。猛省を要求します」

らしくもなくわたしが（ここぞとばかりに）真っ当な意見を呈してみると（はたで聞いている天才児くんにアピールする気持ちもあった。健気にも。わたしは無視できない存在であると）、

「投稿作の大半は『裸の女王様』というタイトルです」

と、先輩くんは教えてくれた。

ああ、そういう『酷い』ね。

まともな意見を言ったわたしが的外れみたいになってしまった……、まさかわたしが猛省する羽目になろうとは。真っ当なんて、似合わないことをしたばかりに。いえ、『裸の女王様』が駄目だとは言いませんよ？

いいじゃないですか、『裸の女王様』。

だから、言いませんけども。

「でも、それはまずくないですか？　そんなの、コンクールとして成り立たないでしょう」

「ただ、閲覧数はうなぎ登りです。すさまじい勢いで拡散しています。それに伴い、内容も過激化していくようですね」

なるほど、そうか。

閲覧数でランキングするとも、応募要項には書かれていた……、動画投稿サイトでコンクールを開催するというのは、憎いほど今時な感じで、ある種密室性のないフェアさを演出しているようだが……、それが過当競争を招いているわけだ。

「『筋肉の王様』というバリエーションも生まれているようですね。もちろん、脱がないタイプの『裸の王様』も少数ながら投稿されているのですが、不利な戦いを強いられているようです」

脱がないタイプのって。

矛盾を感じる――同時に、バニーガールが跋扈する髪飾中学校の校内を思い出した……、つまり、退廃である。

それじゃあ胎教委員会の思う壺ではないか。

まんまという言葉が、こんなにはまる状況もあるまい。

「でも、芸術的・文化的な内容に限るって……」

「アートとしてなら、ヌードは認められますからね。永久井先生のエピソードをお忘れですか?」

「ああ……、この美術室で自分をモデルに裸婦画を生徒に描かせたって奴ですね。まあ、あの人を引き合いに出されてしまいますと……」

極論で反論をねじ伏せられた気分だ。

黙ってしまったけれど、納得したわけではない。

「水泳部員を『水着を着ているから』という理由で弾圧できないでしょう?　もちろん、限度を超えた作品は失格にすればよいだけですし」

それも明記されていた。

失格規定。

その場合、責任は胎教委員会ではなく、投稿生徒側が負うシステムになるわけだ……、公開審査で、公正であるがゆえの、巧みな責任回避。胎教委員会が公式な組織であるからこそできる、リスクヘッジ。

犯意誘発型とも言える。

「『裸の女王様』の優勝を防ぐためにも、我ら美少年探偵団は映画製作に取り組まねばならないわけですよ」

「そう言われても特にモチベーションはあがりませんけれど……、むしろ、できればそんな土俵や規準で争いたくないと言いますか……」

いや、これもまた、胎教委員会の思う壺なのか……、相手の戦意を喪失させるというのも、立派な戦略である。

同じ土俵に上がりたくないと思わされてしまっているのは、実はまずいことなのかも。

「となると、結局、『裸足の王様』で戦うわけにはいきませんね。それで優勝はできるかもしれませんが」

それ以前に、『美脚のヒョータ』がそんな役どころを承諾してくれるとはとても思えない……。

普通にわたしが怒られて終わりだ。

「ええ。胎教委員会の思惑とは違うアプローチで優勝しないと、ただただ彼らに与(くみ)することになってしまいかねませんからね——幸いなことに、彼らとてパーフェクトではない。取っかかりはあります」

「取っかかり?」

「この一文ですよ——『芸術的・文化的であること』という、なんとも言えない曖昧な条項に比べて、こちらははっきりしています」

そう言って先輩くんが指さしたのは、『課題』の行だった。

「『馬鹿には見えない服』——です。胎教委員会の趣旨からすれば、本来必要のないこの制約にこそ、彼らの思想を突破する鍵(かぎ)があると、私は推察しますね」

3 『馬鹿には見えない服』

アンデルセン童話『裸の王様』のあらすじを説明する必要が、さすがにあるとは思わない――まあ、要するに詐欺師の話だ。

仕立屋を名乗る詐欺師が、『馬鹿には見えない服』を、王様に売りつけるおはなし……、馬鹿だと思われたくなかった王様は、見栄を張って、最初から存在しないそんな服に、大金を支払ってしまう。

のみならず、その服を着たつもりで、往来を行進してしまう……。

そこで純真な子供が一言。

王様は裸だ！

「確かに――必要ありませんよね、この条項。単純に中学生を退廃させたいだけなら、『裸』というキーワードだけで十分なはずですから」

「それも極端な意見ですがね。しかし、確かに疑念は生じます。なぜこんな一文を、付け足したのか――付け足さざるを得なかったのか。これは、間違いなく彼らの内実を探る手がかりになるはずです」

間違いなく、は言い過ぎかもしれない。

間違いはある。

どころか、ミスリードとして、それっぽいテーマをかかげただけかもしれないのだ……、思い出したくもない選挙戦のときのことを思い出せば、それくらいのフェイクは入れてきそうである。

ただ、その場合はその場合で、そんなミスリードを入れた理由を探ることができる……、これまで、壁と言うより空気を相手に戦っているような、実感のない戦いだったけれど、ようやく、手がかりと言うか、手応えを感じることができた。

まだ何もしていないけれど。

何かができる気がした。

それにしても、うーん、映画製作か……。

「人数制限なし、予算制限なしっていうのも、何気に退廃的ですね……、こんなのもう、事実上、なんでもありじゃないですか」

バーリ・トゥードだ。

それだけに、やはり課題が異質である。

無駄な制限。無意味なルール。

何が狙いなのか……、『馬鹿には見えない服』という言葉だけ聞けば、それは『美観のマユミ』の専門分野とも言える。いえ、『馬鹿』のほうじゃなく、『見えない』のほう……、本来ならば、わたしの視力の出番なのだ。

だからこそ先輩くんは、団長や他のメンバーの到着を待たず、試験的にわたしにこの話を振って来たようだけれど……、まったくぴんとこない。

見栄も張れない。王様のように。

「額面通りに受け取ったとして……、人数制限なしって言われても、わたし達の場合、メンバーだけでやるしかないですよね。つまり六人……、いえ、団長は小学生だから、参加資格がありませんか」

「その点についてはアイディアがあります。あの団長が、この活動に参加しないとは思えませんので」

そりゃそうだ。

胎教委員会との対決云々を脇に置けば、メンバーで映画作りなんて王道をまっすぐに歩むイベントを、あのリーダーが見逃すはずがない……、『美学のマナブ』のストライクゾーンである。

「ただ、あまり話を広げるわけにはいかないのは確かですね。この終わりの見えない戦いに、あまり外部のかたを巻き込みたくもありません。基本的には、私達だけでやるしかないでしょう」

長縄さんや湖滝ちゃんの友情出演はなしということだ……、ふたりとも、性格はともかく、画面映えしそうなふたりなので、ちょっと惜しい気もする。

見てみたかった、雪女と座敷童のW主演。

だが、そもそも美少年探偵団の活動は、『公明正大』な胎教委員会とは真逆の隠密性を帯びているので、外部には助けを求めにくい……、団長のみならず、それぞれのメンバーが出演していいのかどうかさえ疑問だ。

「そこは探偵活動ではなく、あくまで生徒会活動の一環だという体でいきましょう——それなら前例もありますしね。選挙運動の際には、私達がそれぞれ別々に、現会長に協力したことですし」

「なるほど」

いい抜け穴である。

生徒会活動としてなら、湖滝ちゃんは無理でも長縄さんには出演の望みがあるかとも思ったけれど、欲張り過ぎるのはよくないし、それはそれとは別の理由でやめておいたほうがよさそうだ。

長縄さんは既に一度、生徒会役員として、胎教委員会の被害に遭っている身である……、もう一度、危険な目に遭って欲しいとは思わない。

「まあ、『裸の王様』だったら、そんなに出演者が必要な演目じゃないから、六人でもなんとかなりそうですけれど……、予算制限なしっていうのも、やっぱり鵜呑みにはできませんよね」

メンバーの人数に比べて、美少年探偵団の予算は潤沢である……、なにせ、財団の御曹司、どころか財団の運営にどっぷりかかわっている、中学一年生にして、事実上の理事長がいる。

すぐそこで、わたしを無視している——と思ったら、今はなぜか、わたしをガン見していた。

無言で凝視していた。

何？　見られていたら見られていたで怖いんだけど……、ひょっとして早くもわたしを、役者として吟味しているの？

この性格俳優、瞳島眉美を？

『美術のソーサク』は、美少年探偵団の美術班として映画製作に向けて静かに燃えているのだろうか……、やる気があるのはいいことだけれど、しかし、だからと言って、天才児くんの財布に期待するわけにはいかない。

たとえ彼の資産が無尽蔵であろうとも。

かつて美少年探偵団が所有していたヘリコプターも、この美術室を飾るゴージャスな芸術作品も、そのほとんど天才児くんの所有物である——だから映画のスポンサーになることも、この恵まれしお坊っちゃんは場合によっては厭わないだろうが、しかし今回はちょっとケースが違う。

お金にものを言わせるのは、胎教委員会の手のひらの上である……、応募要項に『予算制限あり』ならともかく、『予算制限なし』とわざわざ明記しているのは、そこで争えと促しているに等しい。

誘いである。

その思惑には乗れない。

必ずしも質素倹約が美徳だとは思わないけれど（言うまでもなく、わたしは『美徳のマユミ』ではない）、アートの本質がそこにあると強要されるのも、ひねくれ者としては気に入らないところだ。

ゴージャスだからアートじゃないと述べる気はないが、予算無制限と言われると、お金ではなく頭を使いたくなる——実際、この美術室の先人、永久井こわ子先生は無尽蔵の予算を使って、現代のパノラマ島を作り上げたけれど、しかし、あんな歪なものもなかった。

ヌードの件も含め、芸術家と胎教委員会は紙一重だ——だからこそ、その紙一重は重んじなければならない。

「お金ではなく頭を使いたいというのは、いい姿勢ですね、眉美さん」

おっと、誉められたぜ。

久し振りに先輩くんから誉められた気がする（嬉しい）。

「では、まずはその方針で、メンバーおのおので、アイディアを持ち寄るということにしましょうか——目指すは低予算映画です。採用されたアイディアの発案者が、監督を務めるということで」

「監督ですか」

監督兼脚本兼主演、みたいなはちゃめちゃなことになりそうだけれど、確かに低予算映画を目論む以上、仕方のないところだ——誉められた以上、わたしも考えないというわけにはいかない。

さて、『馬鹿には見えない服』か……、まあ、コンペ形式になれば、わたしのアイディアが採用されるとは思えないけれど、しかしいつもの推理合戦とは違って、ここは『美観のマユミ』が、存在感を示さねばならない場面でもある。

観るのと同時に、魅せなければ。

「じゃあ、半年くらいどこかの旅館にこもって、構想を練って来ようと思います」

「巨匠を気取らないでください。そんな余裕はありませんよ」

「ですよね。締め切りはいつですか？」

既に投稿作が動画サイトに出揃っていることを思えば、そんなに余裕はないはずだ——そう十分に覚悟した上での質問だったが、先輩くんから返ってきた答は、わたしの覚悟を遥かに超えるものだった。

「明日です」

「え？　明日？　明日までにアイディアを出せって言うんですか？　そりゃ結構な無茶を仰る——」

「違います。コンクールの締め切りが、明日です」

4　製作期間

どうにも雲をつかむような話だった、対胎教委員会のアプローチとしては、いくらか奇策の搦め手(からて)でこそあるものの、しかしちゃんと聞いてみれば上々のプランである『映画製作』を、どうして先輩くんは、あまり気が進まなそうに――自分では名案とは思っていない風に語るのか、それが最初から疑問だったけれど、どうやらその喫緊の締め切りが理由のようだった。

明日って。

希望に満ちてる、あの明日？

それ、今日じゃないだけじゃん。

明日の深夜23時59分59秒までに、構想を練るだけでなく、脚本を書いて、機材や衣装を準備して、撮影して、編集して、投稿しなければならないと言うのか――今まで一度も映画を製作したことのない素人でもはっきりとわかるくらい、無茶苦茶なスケジュールである。

しかもただ投稿すればいいだけではない。

出来がよければいいというわけでもない――コンクールの勝敗は、純粋な閲覧数で決まるのだから。

そりゃあいかに口の上手な先輩くんでも、口が重くなるわけだ――でも、だからと言って、

「はっはっは。ご冗談を。じゃあこの話はなかったことに」

と、すっぱり切り替えるわけにもいかない……、わたしが長縄さんときゃっきゃと遊んでいる間に、ようやく先輩くんが見つけてくれた突破口である。

無下にはできない。

「念のために聞きたいんですが、締め切りというのは、投稿の締め切りであって、明日の時点での閲覧数で、勝負が決まるわけじゃありませんよね？」

さすがにそれでは負け戦過ぎる。

早めに映画を完成させ、投稿した製作チームが有利なのは仕方ないにしても、後発の者にもチャンスはあるべきだ……、表向きはフェアな組織である胎教委員会が、その点、ぬかるとは考えにくい。

先輩くんは答える。

「ええ。結果が出るのは、締め切りから一週間後です。まあ、それだって、後発組には相当不利な戦いにはなるでしょうが……、後出しの有利も、言うまでもなくもちろんありますけれど……」

そう、『けれど』である。

有利不利を言うなら、わたし達は既に圧倒的に不利なのだ……、瞳島眉美が生徒会長になってしまった時点で、指輪学園中等部は、かなり退廃させられていると認めざるを得ないのだから。

瀬戸際どころか往生際にいる。

と、そこで天才児くんが動いた……、なぜか凝視していたわたしから、ようやくのことで目を離して、立ち上がって、そのままふらりと、とうとうこの対策会議では何も言わないままに、美術室から出て行った。

え？　何？　怒ったの？

「ふっ。ソーサクくんは、早くも着想を得たようですね……、映像製作に向けて、動き出したようです」

すごく好意的に解釈するなあ。

果たして以心伝心なんだか、的外れなんだか。

わたしには無愛想（ぶあいそう）な一年生が、最上級生からの無茶振りにふてくされて、ただ出て行っただけにしか思えないけれど……。

「これは眉美さんもうかうかしていられませんね。他のメンバーには、私のほうから連絡しておきますので、遠慮せずに今すぐ取りかかってくれて構いませんよ？」

「そう言われましても……（遠慮ってなんですか？）、わたし、今日、このあと予定があるんですけれど……」

「予定ですか?」

驚かれてしまった。

『あなた程度の人間が、生意気にも予定ですって?』と言わんばかりだ……、わたしにだって予定くらいありますよ。

クズが暇だと思うな?

念のために言うと、それは長縄さんと個人撮影会を開催することではない……、もっと個人的なことだ。

正直に言うと、本日美術室に顔を出したのは、その個人的な件を、しかし美少年探偵団のメンバー内で共有しておこうと考えてのことだったのだけれど、思案顔の先輩くんに機先を制されて、どうにも機会を逃してしまった……、天才児くんは帰ってしまったし、他のメンバー、つまり不良くん、生足くん、そして団長が揃うまで待っていたら、予定……、予約に間に合わなくなりそうだ。

事後報告にしておこう。

考えることも増えたし。

「なので、わたしもこの辺で失礼しますね。大丈夫です、映画のことも、ちゃんと考えますので」

するると、

「札槻くんに助けを求めるのはなしですよ」

と、釘を刺された。

繊細な声で、太い釘だなあ。

どうもわたしの『予定』を、札槻くんと会うことだと邪推しているらしい……、気分を害するに十分足るあらぬ疑いだけれど、前科があるだけに（二度ある）、致し方のないところだ。

札槻くんが情報提供してくれたことを思うと、そんなライバル意識を発揮する局面でもないと思うのだが、まあ、先輩くんと札槻くんの間には、わたしが口出しできない因縁がある。

仲良くすればいいのに。

「ええ、もちろん。でもまあ」

と、わたし。

「札槻くんがくれたアイテムを撮影に使用するのは、ありですよね？　アイディアじゃなくて、アイテムなら」

5　構想

しかし、思えば素敵な時代になったものだ。

ほんの十年くらい前までは——たとえばわたしが空に、誰にも見えない『暗黒星』を見つけた頃ならば、『一日で映画を作ろう！』なんて企画は、どう考えても、お話にならない戯れ言でしかなかった。

知恵の絞りようがない。

それが今や、まあそりゃ簡単ではないにしても、不可能というほどの企画ではなくなっている——基本的にはイノベーションのお陰である。

極論、スマートフォンが一台あれば——カメラ機能と無料アプリを駆使すれば、それなりの動画が、一日どころか、一時間あれば作成できる……、編集も加工も、ヴォイスオーバーだって、片手で終わってしまう作業だ。

札槻くんのアイテムを持ち出すまでもない話である——むろん、そんな手順では魂が籠もらないとの意見もあろう。片手でできることは片手間だと、厳しいお叱りを受けることもあろう。

かつて原稿用紙の升目を手書きで埋めていた執筆活動が、ワードプロセッサーに取って代わられたとき、『そんなメカで書いた小説に、魂があるはずがない』と言われたのと同じように。

魂。

ただ、今時の若者としては思わなくもない。

活字離れ活字離れと、毎日のように指摘されるけれど、わたし達が『離れ』たそれらの文字は、本当に活きているのかと――むしろ文字が死んだから、わたし達はそっとそこから、離れたのではないか？

正直言って、ネットの海で表面張力いっぱいに溢れる言葉のほうが、よっぽど生命力に溢れている気はする……、まあ、それも善し悪しなのだろうし、限界を迎えた表面張力が、いずれ決壊するリスクは、常に背負わねばならないだろうけれど。

活字は本当に生存しているのか。

そしてまた、イノベーションの発達、見様によっては過剰な進化に伴って、作品発表の場が爆発的に増えたことも、同時代的には見逃せない変化である――今回のような募集が成り立つ投稿サイトの存在が代表的だが、プラットフォームの増加は、広く門戸を開放した。それがいいことか悪いことかも、また別の議論になってしまうけれども、裾野の広い山は、一日で撮った映画だろうと、懐広く、堅いことは言わずに『作品』として認めてくれるわけだ。

それに一言もの申したくなるお偉方もいらっしゃるかもしれないけれど、ハードルが低くなること、ゴールが近くなることは、それで魂が抜けることや、まして手が抜けることに、直結するわけでもない……、と、思う。

少なくとも、そう信じさせてくれる作品は実在する。

それを言ったら、黎明期(れいめいき)の名作のほうが、よっぽど楽をしている部分もある――『こんなことは技術的には不可能だから』という大義名分の元、あれこれ抜いている箇所が散見されないでもない。技術が発達し過ぎたがゆえの弊害は、むしろそういうところにあるのでは……、『そんなことは不可能だ』という言い訳が通らないだけに、限界まで頑張らねばならないというような。

それはできる無茶だ。

一日で映画を撮れと言われたら、撮れちゃう以上、あとには引けない……、いずれにせよ、アイテムがあるなら、もちろん使うべきだ――それがオーバーテクノロジーであろうとも。

退廃し、大敗した札槻くんから託されたから――と言うだけではない。

それでこそ、『アイテムを使わない』という選択肢も生まれるからだ……、今回、わたし達が自らに課した、端から見れば無意味とも言える縛りプレイ、『低予算映画』というのも、その気になればいくらでも浪費できる潤沢な予算があってこそできる贅沢だということを、ゆめゆめ忘れてはならない。

胎教委員会のイデオロギーにいろいろ言ってはいるけれど、決してわたし達は正義の味方ではない——あくまでも美学の徒である。

団則を守っているだけだ。

そこを思い違えてはならない……、自分達を絶対的に正しいと思ってしまっては、結局、胎教委員会と変わらなくなる。

わたし達は正しくなんかない。

ただ美しいだけだ。

そうそう、美しいと言えば——明日までという締め切りや、『馬鹿には見えない服』というテーマよりも、ある意味大きな難題を、わたし達は抱えていた。

人数の問題は、童話という学芸会向きの題材と、まあ放映時間の短さ(五分~十五分)を思えば、クリアできるとして——考えなければならないのは、その最少人数の内訳である。

内訳と言うか、わたし以外のメンバーと言うか。
あいつらと言うか。
ひとりふたりならともかく、出演者全員が美形というのは、なんだかまずい気がする
……、わたしも芸術的であることや文化的であることを、そこまで重視するつもりはない
けれど、しかしこのまま考えを進めると、『裸の女王様』よりも、厄介な壁にぶつかるこ
とになりかねない。
出演者全員が美形。
それは日本では邦画と呼ばれ、愛されているジャンルだ。

6 予約

「そんなに多くも深くも見てもねえ癖に邦画批判とかふざけんな。半端なイメージで語っ
てんじゃねえよ。お前は『日本の映画は、今や続編か原作ものばっかりだ』とか言ってる
奴か。海外の映画だって割合そうだっての」
わたしの心の中の不良くんから、そんな痛烈な風刺が聞こえてきたところで、わたしは
目的地に到着した。

わたしが先輩くんから、不本意にも（そして正当にも）チンピラ別嬪隊との不義密通を疑われても、あくまで『このあとの予定』を曖昧にぼかしたのは、ミステリアスな後輩を演出して謎めきたかったわけではなく、単純に言いにくかったからだ――全員揃ったら言うつもりだったけれど、ほら、やっぱりね、言って変な雰囲気になっても困るし。なので土壇場になってビビったのでした。

病院の予約があったのだ。

歯医者さんではない。目医者さんだ。

まだ言っていなかったかも知れないけれど、わたしが『美観のマユミ』と呼ばれているのは、お掃除が大好きだからではない――休日のたびに町へ出掛け、ボランティアの清掃活動に身を窶しているからではない。

目がいいからだ。

目が良過ぎるからだ。

大袈裟に、そして馬鹿みたいに表現すれば、視力が１００・０くらいある……、暗黒星が見えてしまったり、ちょっとした透視ができてしまったりするくらいに、わたしの視力は群を抜いている。

長所ではない。

断じて長所ではない。

団長はわたしのそんな目を美点と言ってくれたけれど、しかし視力がいい分性格が悪くなったので、今でもそこはとんとんだと思っている――よかろうと悪かろうと、過ぎたるは及ばざるがごとしなのは視力も性格も同じであり、そんな過剰目視は青春に支障を及ぼすので、普段は特殊な眼鏡をかけて、その視力を抑制している。

ただ、これもやはり無駄な抵抗と言うべきで、そんな無茶な視力が永続するはずもない――世界からわたしの中へと飛び込んでくる情報量が、眼球に及ぼす負担が大きい。

視神経かな？　よくわからない。

わたしの視力は、そういう意味では研究対象だし、だから定期検診は欠かせないのだ――欠かせないにもかかわらず、わたしはここのところ、我が目のメンテナンスをサボっていた。

ほら、合宿に行ったり選挙運動をおこなったりで、今年に入ってからわたしはとても忙しかったので……、なので、とうとうかかりつけのドクターから呼び出しがかかってしまった。

ドクターはわたしの目を、小学生の頃から診察し続けてくれているお医者様なのだけれど、そんな彼女から、明日の診療時間終了後なら診てあげられるから絶対に来なさいと厳命されていた……、ううむ、子供の頃の自分を知っている人には弱いぜ。

本能的に逆らえない。

研究熱心なことですなと、ひと言皮肉も言いたくなるけれど、それだけでないことも知っているので抗えず（診療時間外に診てくれると言うのに、いったいどう抗えというのだ？）、美少年探偵団の活動を切り上げて、視力のメンテナンスに医院を訪れたというわけだ。

うん、そうだね。

最近、眼鏡の度が合っていないような気もするし、これを機会に修理に出すというのもいいかもしれない――などと、あえて楽観的に構えることで、定期検診をサボっていたかどでドクターから間違いなく怒られる現実から目を逸らしていたけれど、しかし、結論から言うと、わたしはドクターから怒られることはなかった。

いつも通りの検査をとどこおりなく、ノートラブルで終えたことに気をよくしていたわたしに、ドクターは、

「眉美ちゃん、今から親御さんをお呼びすることはできる？」

と言った。

え？　待って待って。

定期検診をサボるって、親を呼ばれるレベルの悪事だっけ？

「ど、どうでしょうね。言ってなかったかもしれませんけれど、わたしのご両親は、非常に忙しく世界を飛び回っていますので……、お父さんはプラハ、お母さんはウィーンにいるんじゃなかったかな……」

いつからわたしのご両親は音楽家になったのだろうと思いつつ、そうもごもご言い逃れをする——完全に非行少女だ。

いや、真面目な話、両親を呼ばれたくはない。

わたしが例の暗黒星のせいで人生のうち約十年間を棒に振ったこともあり、この両目の話は、我が家ではタブー化しているのである……、わたしの視力の話が出ると、食卓が凍り付く。

なんなら、わたしの視力の話じゃなくても、お父さんが見ているテレビ番組で『メガネっ娘』というキーワードが出てきただけで、お母さんがチャンネルを替えるくらいである。

まあそれは、お父さんが『メガネっ娘』の登場するテレビ番組を見ていることのほうを、お母さんが咎めたのかもしれないけれど、逆もまた然り——お母さんの見ている番組に『眼鏡王子』が登場するだけで、お父さんは不機嫌そうだ。

実際問題、治療費が馬鹿にならないというのもある——悪いのならともかく、良いのだからということなのか、わたしの視力は、なにげに保険適用外だったりするし。でもまあ、その治療費を出しているのは、そしてわたしの食費や学費を出しているのはその不機嫌なご両親なのだから、呼べと言われたら呼ぶしかないのだが……、スポンサーが強いのは、映画も中学生も同じである。

なんてこった。

「でも、呼ぶとしても、漠然と呼んでも来てくれないと思うんですよ。なにせ腰の重いご両親ですので。やっぱり、眼鏡に問題がありましたか？　眼鏡を修理じゃなくて新調するとなると、確かにお高いですよね」

「眼鏡のことじゃないわ」

「え？　でも、最近、調子悪いっぽいんですけれど……」

「それは眼鏡の調子が悪いんじゃなくて、眉美ちゃんの視力が、更に良くなっているってことなのよ」

ドクターは怒らなかった——定期検診をサボっていたわたしの、自業自得を怒らなかった。

ただ、哀れむように、

「それも、ただ良くなっているんじゃない——あたしが『目を離していた』たった数ヵ月の間に、爆発的に良くなっている。既存の眼鏡じゃ、抑制し切れないほどに。それがどういうことかわかる？」

と、『問診』してきた。

「…………」

爆発的に良くなっている。

100・0の視力が、1000・0になっている——やった！

これでますます、美少年探偵団の活動に身が入る！　リーダーの役に立てる！　映画の製作にも、きっと役に立つわ！

じゃなくって。

そうじゃなくって。

「失明する時期が、ちょっぴり早まったって感じでしょうか……」

「爆発的に早まったって感じだわ」

とにかく爆発するらしい。

まさか実際に、わたしの眼球が花火のように爆発するわけではないにせよ、事実上、それと同じようなことが起こる。

それは前からわかっていたことだ。

良過ぎる視力は、いずれは疲労し、劣化し、ぽっきりと折れる——それがわかっていたから、わたしは夢を諦めることになった。宇宙飛行士になりたいだなんて、後生大事に抱えていた大まかな夢を……、だけど、リーダーのはからいで、美しく諦めることができたのだった。

そして新たなる夢を見つけるために、美少年探偵団に入団したという流れだったのだけれど——

「こうなった原因に、心当たりはある？」

『こうなった』ことは、既に引っ繰り返しようのない確定事項として、ドクターは話を進めた——心当たり。

うん、まあ、正直、ある。あるとしか言いようがない——美少年探偵団に入ってからこっち、それまでの人生とは比べ物にならないくらい、わたしはわたしの視力を『使って』来た。

酷使したと言ってもいい。

それまでは、コンプレックスと言うか、自分の目なのに直視できないくらい、わたしはわたしの目を嫌っていた——この両目のせいで自分の人生が台無しになったのだと、すべてを両目のせいにしていた。

目が綺麗だなんて言われたら激高するくらいの行き着きっぷりだった……、勝手に夢を見させて、勝手に夢を諦めさせようとした、そんな両目だと。

それがリーダーのお陰で解放された。

わたしがどんなに怒ろうと、気分を害してふてくされようと、それでもわたしの目を『美しい』と言い続けてくれたリーダーのお陰で——

「自覚はあったんじゃないの？　だから、こうして呼び出されるまで、定期検診にも来なかったんじゃないの？」

そんなことはない……、と思う。思いたい。

そこまでは、いくらなんでも……。

だが、こうして振り返ってみると、わたしの視力がここ数ヵ月で発達していたことは、否定しようもない事実だ——『トゥエンティーズ』とのあれこれ、チンピラ別嬪隊とのあれこれ、こわ子先生とのあれこれ、そして胎教委員会とのあれこれ……、そんなあれこれな歴戦を通じて、わたしの視力は確かに飛躍的にアップしている——できることが増えて、今じゃほとんど、超能力の域にまで達している。

透視どころか、共感覚やサーモグラフィまでお手の物と来ているのだから、これがインフレーションじゃなくて何なのか。

イグニッションか？

「今まであんまり使ってなかった機能を、ここ数ヵ月で頻繁に使ったから、それが負担になったってことでしょうか……」

頻繁どころじゃない。

なんなら気楽に使っている。

不良くんが作った料理のおいしさの秘密に迫るべく、成分分析などにも使用したことがある——わたしはアホなのか？

「負担じゃないわね。訓練になったのよ」

と、ドクター。

この事態に、少し納得したようだ——患者としてのわたしを気遣ってくれているが、時折、研究者としての顔も見え隠れする。

それが見えるのも、わたしの視力。

見えてしまう。見たくないものも。

「訓練……ですか？」

「眼筋を鍛えることで、視力を向上させるトレーニングだってあるからね。何事だってそう。練習すれば練習するほど、うまくなっていく。本人に自覚があろうと、自覚がなかろうと」

「…………」

酷使したことが、視力の向上に繋がったというのは、そしてそれがそのまま失明に繋がっていくというのは、わたしはいったい何がしたいんだとしか言いようがないくらい、なんとも皮肉な話だった。

乱高下と言うのか……。

嫌悪していたわたしの視力を、ようやく肯定できたことが、結果それを失う伏線になってしまったと言うのだから。

確かにこれは、親を呼ばざるを得ない事態だった——わたしは非行少女な不逞の輩ではあるけれども、そこまでの親離れもできていない。

自分のことを自分で判断する資格など、わたしにはない。

それでも、今後の治療方針を決めなければ。

診断がくだったからと言って、今日、人生が終わるわけじゃない。

定期検診の頻度も、あげなければならないだろう……、いや、ひょっとすると、入院するまであるかも。

ただ、そんな具体的なシークエンスに入る前に——親が来る前に、なんとしてもドクターに確認しておかねばならないこともある。

しかも二点ある。

「あの……、この調子で、わたしが『何か』を見続けていれば、わたしのくりっとしたおめめ、どうなっちゃいますか？」

「この調子でって言うのは、この調子で『トレーニング』を続ければ、って意味？　そりゃあもちろん、この調子で視力のアップが期待できるわ——これまで眼鏡で抑制していた遅れは十分に取り戻したから、飛躍的どころか、幾何級数的にぐんぐんみるみるアップしていくかもね」

これはさすがに大袈裟に言っているのだろうけれど、しかし、だからと言って一笑に付すわけにもいかない——すればするほどうまくなるのは、『トレーニング』だって同じだろう。

美少年探偵団に加入して約半年。

そろそろトレーニングのコツをつかんだ頃だ——わたしの眼球と眼筋と視神経が、第二次成長期に入ってもおかしくない。

オーケー、それはわかった。

ではもう一点。

「じゃあ、たとえば眼鏡をぴっかぴっかに新調して、現状をどうにか維持したとして――ですよ？　今のところ、わたしの視力が完全に失われるのは、いったいいつくらいのことになると考えられますか？」

「それがわかるのは、近々受けてもらう精密検査のあとでしょうね。でも、眉美ちゃんとは長い付き合いだし、ざっくばらんに腹を割って話すと」

このままだと中学卒業まで持たないでしょうね。

と、ドクターは宣告した。

なるほど、なるほど。

7　第二回製作会議

翌日の早朝、招集がかかったので、美少年探偵団のメンバーは美術室に勢揃いした――昨日と違って、全員集合である。

一夜明け、てっきり今日中に映画の撮影を（投稿まで含めて）完了させなければならないとあって、一秒も無駄にできないゆえの、放課後まで待たない緊急集合だと思ったのだ

が、

「おっはよー！　とってもいい天気だね！　さあ、今日も一日、美を追求しましょう！　まずは美の女神ミューズに祈りを捧げましょう！」

何の違和感もなく明るく美術室の戸を開けたわたしを迎えたのは、

「お前昨日、病院で何を言われた？」

という、不良くんのドスの利いた声だった——不良くんのみならず、いつも陽気な美術室が、お通夜みたいな雰囲気になっとる。

誰が死んだ？

この中の誰が幽霊だ？

団長も高笑いしていないし、ムードメーカーの生足くんも、その美脚を強調するような逆さ姿勢ではなく、ソファに普通に座っている……、行き過ぎた視力がなくとも一目でわかる。

なぜバレた。

「眉美さんの位置情報は常に入ってきていますからね。あなたが昨日、あのあと眼科に向かったことはわかっています」

そうだった。

わたしにプライベートはない。

「ああ、もしかして昨日の定期検診のことを言っているの？　いつも通りの、なんてことのない定期検診のことを？　何を言われたって、そりゃあ、いい調子だねって言われたわよ？」

嘘はついていない。

騙（だま）そうとしているだけで嘘はついていない。

わたしの目はいい調子だ、爆発的なくらい。

「ふざけんな。根暗なお前が明るく現れた時点で、異常事態が起きてるってことは自明なんだよ」

怒ってるなー、このヒト。

決めつけるように根暗と断じられたことについて、一言言いたくもあったけれど、そんな愉快なシチュエーションでもなさそうである……、ギャグパートっぽくない。それに、たぶんわたしの定期検診のスケジュールもバレている。

だが、その具体的な診断内容までは、さすがにわからないはずだ……、たとえかかりつけのドクターの存在を突き止めたとしても、医者には守秘義務というものがあるのだから。

そう思っていると、リーダーが、「いいのだよ、眉美くん。誤魔化さなくても」と言って、

「ナガヒロがご両親と連絡を取ってね、詳しい話は聞かせてもらっている」

と種明かしをした。

「おいロリコン！」

「ロリコンではありません。親が勝手に決めた婚約者が、たまたま小学生だっただけです」

「その台詞、『あたしのことを名字で呼ぶな、名字で呼ぶのは敵だけだ』みたいに使ってるけど、言うまでもなくまるで決まってないからな？」

先輩かつ先代に、タメ口で切れるわたし。

そんなことを親にされているあんたが、なんでわたしの親と密接な関係を築いているんだよ！

親に守秘義務はなかった。

強いて言えば、あるのは守護義務だ。

ううむ、さては元生徒会長の看板が有効だったか……、『トゥエンティーズ』に誘拐されてからしばらくの間、わたしはメンバーに送り迎えされていたので、ひょっとしたらそ

の辺りで、わたしの親と連絡先でも交換し合っていたのだろうか。

コミュニケーション社会怖いわ。

後輩の親と友達になるなよ。

理屈じゃなくなんかやだ。

「ともかく、まず定位置に座って、俺が絞ったブルーベリージュースでも飲め。そして詳しい話を聞かせろ、お前の口から。当然、最初からすべてを話してくれるつもりだったと信じているぜ」

そう言って、ようやく不良くんがわたしの入室を許可してくれた……、てめーの図体が邪魔で座れなかったんだよと言いたいところだったが、それにブルーベリーには、実際には視力を回復させる効果があるわけじゃないそうだが（回復したら困るのだし）、その心遣いは素直に受け取っておこう。

おいしいしね、ブルーベリー。

よーし、『視力のことはメンバーには映画の撮影終了まで秘密にする』プロジェクトは失敗。

不良くんの言う通り、『最初からすべてを話すつもりだった』プランに切り替えよう
——わたしにプライベートはないのだ。

この美術室では尚更。

あるのはプライド、メンバーとしての。

「えっとねー、そんな深刻になるようなことじゃないんだけどー」

天才児くんが無言なのはいつものこととして、癒やし担当の天使長、生足くんが沈黙を保ったままなのが怖い……、わたしの膝に乗ってこない。

この時間のないときに。

「手短に言うと、ここのところちょっぴり視力を乱用し過ぎたせいで、このままだとわたし、中学校を卒業するまでに失明しそうなんだよねー。はい、この話、おしまい。そんな悲壮感を漂わせるようなことじゃないのよ、前からわかってたことだし。時間の問題、早いか遅いかの違い。だったらいっそ、早いほうがいいかもだよねー。じゃあどうでもいいクズのことは置いといて、本題に入ろうか？　聞いてくれる？　皆の衆。わたしの『裸の王様』プランを！」

「どう考えてもドクターストップだろう」

リーダーがまともなことを言った。

ここぞというときにまともなんだよな、この小五郎は。

「現状、眉美くんの活動は許可できないな。少なくとも今回の活動からは外れてもらうしかなかろう」

「えー……」

落胆の声が漏れる、わたしから。

わたしも別に、映画が撮りたくて撮りたくてたまらなかったわけではないのだけれど、きっぱりとそう言われてしまうと。

正確にはドクターストップはかかっていないのに。

ドクターは何もストップしていない。

そもそも眼鏡をかけるくらいしか対処のしようがない過剰視力なのだ……、『なるべく使わないこと』と言ったところで、目を閉じていても、まぶたの向こう側が見えてしまうような無茶苦茶な視力を、どうやって『休ませろ』と言うのだろう?

分厚い鉄板で目隠しするくらいしか姑息療法がない……、いや、それだってむしろ、逆効果になるかもしれないくらいである。『目隠し』されたことで、その物体を『透視』しようと、視力が更なる進化を遂げる恐れもある――『適度』な負荷は、トレーニングの基本である。

更に言えば、下手な休憩も、超回復に繫がってしまいかねない危うさもあるわけで……、不安が不安を呼ぶ一方ではあるが、結局のところ、わたしにできることは『経過を見守る』だけなのだ。

　医学の進歩に期待するしかない。

「だからと言って、無理をしないに越したことはねーだろうが」

　そりゃまあね。

「いや、これはまさしく僕の不注意だったよ。リーダーとしてまったく不覚だ。眉美くんの視力に頼り過ぎていた。きみにちゃんと謝りたい。僕にできることがあったら何でも言ってくれたまえ」

「じゃあ映画作りに参加させてください」

「駄目だ」

　揺るがないな。

　そこは我らがリーダーらしい。

　ううむ、これは無理か……、かかっているのがドクターストップなら、スポ根漫画みたいに振り切ることもできようけれど、この探偵団におけるボスの権威は絶対である――無視はできない。

　先輩くんには、全国中学生（略）祭に、本来参加資格のない小五郎を参加させる秘策があるというのに、なんだか理不尽な気もするけれど――まあたぶん、女装させて出演させるという作戦なのだとは思うにしても（選挙戦の応援演説に現れた正体不明の女子生徒、再びというわけだ）。

今回は絵画や彫刻、建築の分野ではなく、映像作品がテーマなので、先輩くんが昨日言っていたように、『美観のマユミ』の腕の見せどころのはずだったのに、世の中というのはうまくいかない。

イッツ・マイライフ。

「でも、心配だわ。わたし抜きで、みんなはちゃんと映画が作れるのかしら」

「言ってろ。俺達はお前が入団してくるまでは、もうちょっとまともな秘密組織だったんだぞ」

「そうなの？　ヘリとか持ってたじゃん」

「ヘリとかをプレゼントしたりはしてなかった」

さいですか。

それはつまり、よく言えば、わたしとみんなは、互いに影響を及ぼし合っていたということなのかもしれない――悪く言えば、互いに悪影響を及ぼし合っていたということになるけれど。

じゃあまあ、今回はお手並み拝見といこうかな。

「お手並み拝見って。だから、見ちゃ駄目なんだってば」

たまりかねたように、生足くんが、やっと口を利いてくれた。

「絶対安静だからね、眉美ちゃん。もしも一歩でも、美術室に足を踏み入れたら絶交だから」

絶交って。

子供みたいな脅しをかけてくる——と思ったが、考えてみれば、生足くんは一年生なのだった。

忘れがちだが。

そんな子に心配をかけてしまっていることに、今更ながら気付く……。

「わかったわかった。でも、いつまで？　いくらなんでも、永遠に出禁ってことはないよね？　映画が完成するまでかしら？」

「それだと今日だけってことになるじゃねえか。せめてコンクールの結果が出るまでは、おとなしくしてろよ」

「でも、コンクールの結果が出て、それで終わりってわけじゃないでしょ？　むしろそこからが、胎教委員会との戦いなわけで……」

そうこうしているうちに、先輩くんが卒業してしまっては、お別れ会を開く間もなくなってしまう——絶対に泣かせてやろうと、今からお株を奪う名スピーチを考えていると言うのに。

わたしの企みを台無しにする気?

「とりあえずは無期限活動停止ということにしておいて、まずは明日受けるという精密検査の結果待ちではありませんか?」

と、先輩くんが示した着地点。

わたしの精密検査の日程まで把握しているとは、恐れ入る。

「ちなみに先輩くん、お父さんとお母さん、どっちに聞いたの?」

「ご母堂です」

そのいい声でわたしの母親を籠絡(ろうらく)したのか。

今以上にうちの家庭を崩壊させないでよ……、思いもしなかった、まさかロリコンが人妻にも強いとは。

まあ、でも実際『ロリータ』の主人公も、ヒロインの少女に接近するために、まずはヒロインの母親を口説きにかかったりしているので、両者は意外と並立するのかもしれないと、わたしはどうでもいいことを思った……、いや、どうでもよくないな、これ。断じてよくないな。

社会問題だな。

「では、眉美くんには現時刻を以て退室を命ずる——ただし、その少年心はいつも僕達と共にあることを、ちゃんと覚えておくように」

了解ですとも、リーダー。

8　活動停止中

さて、そんなわけですることがない。

することのないオフだ。

早朝の会議から放課後に至るまで、言ってしまえば普段通りに授業を受けただけなのだけれど、わたしはすさまじく退屈だった——この半年にわたり、美少年探偵団に所属しているというだけで、いかにエキサイティングな日常を送っていたのかを、こんな形で痛感することになろうとは。

美術室に出入り禁止なだけで、メンバーとは他の場所で会えばいいじゃないかと指摘されるかもしれないけれど、実はそれも無理なのだ——基本的に美少年探偵団は、美術室以外の場所では没交渉である。

一言で言えば、よそよそしい。

そのルールもわたしが所属してからは、遠征だったり合宿だったり選挙運動だったりで、グレーゾーンが増えていたけれど、グレーゾーン発生の主因であったわたしがこうして活動停止を命じられた以上、しばらくは基本姿勢に戻ることだろう。

団長は、この半年、わたしの視力に依存し過ぎていたと、らしくもなく反省の意を示してくれていたけれども、なんのことはない、依存していたのはわたしのほうだ——あの美形どもの前では、安心してクズでいられた。

そりゃあ調子にも乗る。

後先考えずに視力を使いまくる、それが結果、寿命を削っているようなものだとは考えもせずに。

それが無駄遣いだったとは思わない……、いや、確かに無駄遣いもあったけれども、すべてが無駄だったとは思わない。

わたしの視力だし、わたしの眼球だ。

わたしの人生だ。

使いかたはわたしが決めていい。

だが、あの陽気な団長に、まさか反省なんてものをさせてしまったことを、わたしこそ反省しなければならないし、きらびやかな美術室の雰囲気を、ああもお通夜会場みたいにさせてしまったことについては、責任を感じざるを得ない……。

絶交をちらつかされるまでもなく、しばらくはおとなしくしておくしかあるまい……、万が一誤魔化し切れた場合に備えて（うん、どうせバレると思っていた）、短編映画製作に関しては、本当にアイディアを用意していたのだけれど、それを提案することも許されなかった。

謹慎。

部外者に徹するしかない。

とは言え、立つ鳥あとを濁（にご）さずと言うか、引き継ぎと言うか……、活動禁止者には活動禁止者なりに、しなければならないことがひとつだけあった。

それを済ませてしまうと、本当にすることがなくなるので、正直気が進まなくもあるけれど、いかなクズとて、『わたしがいなくなったのち、美形どもが困ればいい』とまでは思えない。

ここで名残を惜しむように、だらだらするのは違う。

と言うわけで、その日の放課後、わたしは長縄さんとの席を設けることになった——昼休みのうちにA組に出向いて、お話があるので放課後、必ず生徒会室に来て欲しいとお願いしておいた。

彼女が撮影会の準備をして現れたのは想定外の事態だった——これは思わせぶりに期待を煽(あお)るような誘いかたをしてしまったわたしが悪い。

さすがに天才児くんほどのクオリティを求めるのは無茶だけれど、それでもお手製の衣装まで用意されてしまえば、まさか着ないわけにもいかず、わたしと長縄さんは放課後の生徒会室で、互いにフランス革命みたいな格好で密談をすることになった。わたしは男装。ナポレオンみたいな帽子をかぶらされている——あたたかな手作り感、ハンドメイド。いや、前言撤回。天才児くんには、この手のコスチュームを作成する素養があるとは思えない——退廃の空気がとどまるところを知らない。

ここは生徒会室だよ?

この同級生が、まさか雪女と呼ばれて畏敬されているとは……、胎教委員会の罪は重い。いや、彼女自身にとっては、ひた隠しにしていた趣味を共有できる相手ができて、よかったと言うべきなのか?

難しい、悩ましい。

こういうのはどう考えればいいのだろう?

正直なところ、わたしのようなクズと遊ぶ時間が増えたことで、間違いなく長縄さんの成績は落ちていると思うのだ……、逆にわたしの成績が、長縄さんのお陰で上がっているということはないと思う。

相互作用は起こっていない。

だって、一緒に遊んでいるだけで、一緒に勉強しているわけではないのだから——美少年探偵団にとって、確かに、わたしはある種のカンフル剤になったのかもしれないけれど、しかしわたしはこの子に、悪影響しか与えられていない。

ある種どころか、話の種にもなれていない。

だが、一方で、長縄さんがそれを嫌がっていない、むしろ喜んでくれていることもわかってる……、だから、わたしと付き合っていることで、長縄さんが駄目になっていくのを止められない。

参ったなあ。

どこかにいいバランスがあればいいと思うんだけれど……、わたしが勉強して、彼女の友達に相応（ふさわ）しいくらい、成績を上げればいいのか？

友達に資格とかあるのか？

そして長縄さんが、わたしにそんなことを求めていないのもわかっちゃう……、長縄さんは、お馬鹿なわたしのことが好きなのである。

美少年探偵団の面々が、わたしのクズさを大目に見てくれているのだとすれば、長縄さんはわたしのクズさを愛している……、わたしが真面目で堅実な生徒会長になれば、去年、咲口生徒会長に対してそうだったように、長縄さんはたちまち、クールで鉄面皮な副会長に戻ってしまうことだろう。

その頃の長縄さんより、今の長縄さんのほうが取っつきやすく、いささか巻き込まれ気味ではあるけれど、わたしがそんな彼女と一緒に遊ぶのが楽しいのも本当なので、より複雑化していく……、すべて、わたしの中でだけの出来事だが。

「それで？　会長、お話とはなんですか？」

一通りの撮影を終えてから、黙り込んでしまったわたしに、用件を促してくる長縄さん——彼女がですます調で話すのは、どうあれ副会長モードのときである（撮影会はタメ口でおこなわれる。タメだしね）。

「えっと——長縄さん、胎教委員会って知ってる？」

切り出しかたが難しかったが、それを吟味するにはややへとへとだったので（精密検査前のナーバス＆美術室出入り禁止のショック＆撮影会のダメージ）、わたしはデリケートな話題を、率直に切り出した。

「？　そりゃあ、知っていますよ？　わたし達生徒会と、志を同じくする芸術推進系の民間組織ですよね？」

知名度が高いとは思えない組織なのだが、ここは長縄さんの才女な部分が垣間見られた
——『志を同じくする』かどうかはともかく。

先代の咲口生徒会長時代から、指輪学園中等部の生徒会執行部は、芸術系の科目をカリキュラムからこれ以上減らさないことを、念頭において活動してきた。

表立ってごりごりに主張するのではなく、職員室や理事会、保護者会と適度な距離を保ちながら——悪い言いかたをすれば、口のうまい先輩くんが巧言令色を遺憾なく発揮して、現状維持に努めてきた。

大人と渡り合ってきた。

その下で働いていた長縄さんも、当然ながらと言うべきか、基本的にはその思想を引き継いでいる——本来なら生徒会長の座も引き継ぐはずだったのだが、その座はわたしが簒奪してしまった。

その次第は選挙戦に刺客を送り込んできた胎教委員会の仕業なのだけれど、長縄さんはそれを知らない——たとえ彼女とこの先、どんな大親友になることがあったとしても、わたしはその事実を教えるつもりはない。

「活動の一環として、映画祭なども開催しているそうですよ？　立派ですよね、中学生の

頃から創作活動にかかわることは、それが実になるにせよならないにせよ、将来のためになるはずですから」

「それを知っているなら、話が早いわ」

副会長の博学さに内心舌を巻きながら（『博学のナワ』？）、わたしは話を進めた——今は胎教委員会の思想の是非について、長縄さんと話し込みたい気分ではない。

すべきは引き継ぎである。

いずれにせよ、創作活動への理解があるなら、本当に話が早い。

「そのコンクールに、咲口前会長が応募したいらしくって。生徒会に申請があったから、あなたが事務処理を担当してくれないかしら？」

「え？　応募って——よく覚えていませんけれど、あれって締め切り、もう結構ぎりぎりじゃないですか？」

ぎりぎりどころではない。今日だ。

なんならあと九時間ないくらいだ。

「それに、どうして咲口前会長が映画製作を……？　進学を控えて、お忙しい時期でしょうに」

それを訊きますか。

ええと、どうしようかな。

ぶっつけ本番過ぎて、プランがない。

「そう、卒業制作……みたいなものだって仰っていたわ。あのロリ──論理の人は」

「前会長、論理の人だなんて呼ばれていましたっけ？」

首を傾げる長縄さん。

もちろん呼ばれていない。

「それに、うちの学校に卒業制作なんて課題、ありましたっけ？」

「進学に向けての自由課題みたいなものなのかな──うん、そんなことを言っていたよ、いい声で」

「いい声で言っていたなら仕方ありませんが……」

仕方ないのだろうか。

まあ、二年近く、かの会長の間近でそのお声に接してきた副会長としては、一番納得のいく説明なのかもしれない。

納得してくれるならなんでもいい。

先述の通り、美術室の外では没交渉である美少年探偵団のメンバーが、映画製作という、どうしたって受け手、観客、閲覧者を想定した活動をする以上は、何らかの隠れ蓑が必要であり、それが今回は、生徒会執行部になるはずだった。

必然的なカムフラージュ。

表向きてんでバラバラの個人であるメンバーに、唯一ある共通点が、選挙戦でクズ……、もとい、わたしを応援したということなのだから。

そこまでは事前に先輩くんと打ち合わせ済みだったのだが、ただ、そのわたしがメンバーとしての活動を禁じられている以上、厳しいようだけれど（マジで厳しいと思うよ）、わたしは生徒会長としても、映画製作にかかわるわけにはいかない——というのが、団長の意見だった。

ルールの運用が厳格である。

団長の意見に絶対服従の副団長は、ならばと、忠実な後輩であるこのわたしに、長縄さんへと引き継いでおくことを命じたのだった……、まあ、実際には引き継ぎというほどのことではない。

どうせ建前の問題だ。

わたしがかかわるならばまだしも、生徒会と美少年探偵団が足並みを揃えるということはない……、そんなコラボレーションはあってはならない。それこそ昨日、先輩くんと話したときにふと考えたように、長縄さんに出演を願うというような展開は、むしろ避けなければならないものだ。

交通事故に遭わされ、雪女キャラも崩れつつあり、これ以上胎教委員会の被害を、長縄さんに受けさせるわけにはいかない……、そう思うんだけれど、如何ですか？　これであってるよね？

生徒会副会長として、名義だけ貸してくれれば有難い——投稿する作品（作品の名に値するものになればいいが……）を、生徒会作品として送り出してくれれば、それでよいのである。

「ふーん。まあ、他ならぬ、大恩ある咲口前会長からの申請ですから、断るわけにはいかない案件ですけれど……、でも、どうして私にその仕事を？　前会長の正当なる後継者は、現会長である瞳島ちゃん……、失礼、瞳島会長なのでは？」

瞳島ちゃんでいいけどね、別に。

正直、女子からちゃん付けで呼んでもらえるのが、この上なく嬉しい……、わたしのことを『まゆ』呼ばわりするあの後輩とは大違いである。

ただ、

「咲口前会長の正当なる後継者はどう考えても長縄さんのほうでしょ」

である……、これは担当を引き継いでもらうための方便ではなく。

そこは、譲れない……、譲ってもらっては困る。

相手が長縄さんなので、案件を安心して引き継げるし、むしろ引き継ぐほうが正しい形であるとも言えるのだ。

「わかりました。そういうことであれば」

まだ疑問は残っているようだったけれど、結局、有能な副会長は詳細を聞かずに請け負ってくれた。

副会長としても友達としても最高だ。

守りたくなる。

この子がわたしの娘だったらよかったのに。

胎教委員会を除けば、今、もっとも彼女を害しているのがわたしなのだが……、わたしの男装（や、バニーガール姿）が、ただそれだけでクールビューティを堕落させていくのだから、思えばわたしの影響力もなかなかである。

「しかし映画作りですか……、前会長の意外な一面です。長らくご一緒していても、知らないことは知らないものですね」

そりゃあ意外だろう。

昨日までなかった一面なのだから。

「長縄さんはどんな映画が好きなの？」

さっさと本題から離れたかったので、なるだけスムーズを装って、雑談に移行しようとするわたし……、と言っても、先輩くんや，わたしの内なる不良くんから手厳しく指摘された通り、わたしは邦画にも洋画にもぜんぜん詳しくないので、この振りに応じられても困るのだけれど。

長縄さんの場合、本気で無声映画を見てそうな雰囲気がある——少なくとも、かつてその雰囲気があったのは間違いない。

熱い映画論を語られたらどう相槌を打とう——『なるほど』と『だよねー』だけで乗り切れるかな？

「映画はアニメしか見ません。あ、でも、テレビのCMで予告編を見ると、やっぱり熱くなっちゃいますね」

この子が好きだ……。

9　突破口＝虎穴

「でも、そんな半可通でさえない私でもわかりますけれど、芸術文化映画祭のテーマは、難しいですよね」

わたしが長縄さんに恋い焦がれている間に、話があっさり戻ってしまった……、まあ、あまり強引に話を逸らすのも不自然だし、それについてまったく話をしないのも違和感を生みかねないので、少しくらいはよしとしよう……、長縄さんと話せるならなんでもいい。

わたしはナチュラルにそう思った。

「難しいって、『裸の王様』が？ そうかしら。言ってしまえば、ありふれた題目に思えるけれど……」

「そっちじゃなくて、課題である『馬鹿には見えない服』のほうですよ」

「ああ。そうだっけ」

確かに、課題はそちらだった――わざわざそんな課題を掲げてしまっていることが、わたし達にとっての突破口であると、先輩くんと事前打ち合わせをしたことが、もう遠い昔のことのようだ。

胎教委員会の歪み。

「だけど、おんなじことじゃないの？ 『馬鹿には見えない服』は、『裸の王様』にはつきもので、明記されなくっても、どのみち映像内で表現せざるを得ないアイテムじゃないのかしら？」

「明記されていないなら、何も問題ないんですよ。課題だから問題なんです」

「課題だから問題……？」

謎かけみたいだ。それとも禅問答か。

これを言ったのが長縄さんでなければ悪態をついているところだ。

いい影響を受けている、わたしのほうは。

「だって、想像してみてくださいよ。たとえば、瞳島会長がこのテーマで映画を製作するとして」

なんとたやすい想像だろう。だって、わたしは今朝の今朝までそのつもりだったのだから。

「まあ、それがテーマである以上、何らかの方法で『馬鹿には見えない服』を表現しますよね——応募要項にもある通り、ＣＧを使ってもいいですし。私だったら、グリーンバックを使うでしょうね」

グリーンバックってなんだろう。

緑色の服のことかな？

少なくともわたしが札槻くんからプレゼントされた、例のステルスな布きれではないだろう——わたしのプランでは、それを大いに活用するつもりだったんだけれど。サ行変格活用するつもりだったんだけれど。

残念ながらそのプランは死んだ。

戦場で使用されるような、あの恐ろしいオーバーテクノロジーアイテムは、わたしが個人的に受け取ったものなので、それをメンバーに引き継ぐことはできない……、正直、わたしはせめてそうさせてもらおうと考えていたのだけれど、うちのボスは思ったよりも融通が利かない。

それが美学のマナブなのだから、仕方ないにしても。

「まあ、なんでもいいんです。どんな奇抜なトリックを使っても構いません……、低予算を徹底するなら、『この服は馬鹿には見えません』というプラカードを首から提げておくだけでも十分でしょう」

それはどちらかと言えば、映画ではなく舞台のテクニックであるように思えるけれど、たとえ話としてはわかりやすい。

「でも」

と、そこで長縄さんは一旦(いったん)言葉を切った——一瞬、雪女の顔になる。昔はその表情を、見下されているとしか感じなかったものだが、一度惚(ほ)れてしまうと、それはそれで魅力的だとさえ感じてしまう。

もっと睨んで！

「今度は視聴者の気持ちを想像してみてください――『馬鹿には見えない服』が、作品中で見えなかったら、どう感じますか？」

「どう感じるかって――」

それを想像するのには、結構な努力が必要だ――ここまでは作り手のつもりだったけれど、いきなり自作を受け手として評価しなければならないわけだ。プロでも苦しむような切り替えなのでは。

「――まあ、『見えないな』って思うんじゃないの？」

透明人間が見えないのとおんなじだ。

馬鹿みたいな感想だけれど、そう言うしかない――馬鹿みたい？

いや、違うぞ？

「おわかりいただけたようですね。そうです、表現された『馬鹿には見えない服』が見えなかった場合、それはつまり、受け手を馬鹿にしたのと同じことになってしまうんですよ
――それは、あらゆるクリエイターのタブーです」

そうか――気付かなかった。

思いもしなかった——けれど、長縄さんの言う通りである。

確かに、わざわざ課題として明記されていなければ、なんとも思わずにスルーできていた点ではあるけれど……、そうやってスポットを当てられてしまうと、そんな許されざる印象が生まれてしまう。

課題である以上、製作者は『馬鹿には見えない服』を表現せざるを得ない——けれど、それは同時に、クリエーター失格への道程である。

ましてアーティストなんて、とんでもない。

第一歩からしくじるようなものだ。

もの作りに携わる人間として、およそ許されることのない蛮行。

いやはや、『裸の女王様』なんて愚の骨頂だ——そんなの、まさしく、『裸の王様』である。

『裸の王様』は、王様を騙す仕立屋の物語だけれど、しかしながらこの芸術文化映画祭のテーマは、製作する中学生達を、芸術家どころか、詐欺師に仕立て上げるストーリーが描かれている——なんてことだ。

なんて、惚れ惚れとしないいい手際だろう。

「難しいどころじゃない……、最高に意地が悪いわ」

「そうですね。意地悪な課題ですよね」

思わずこぼしてしまったわたしの感想を、胎教委員会の実体を知らない長縄さんは、そんな風に柔らかく受け取ったらしい。

「私には解決策が思いつきませんけれど、でも、咲口前会長なら、なんとかしてしまうかもしれませんね」

わたしにはそんな風には思えなかった——メンバーは気付いているだろうか、このトラップに？

おそらく気付いていない。

気付けっこない。

確かにそれぞれが卓越した得意分野の持ち主で、頭もいいのだろうけれど、こういう悪意に対して、美少年探偵団は『嘘だろ？』と言いたくなるほど無防備だ——事実、探偵団の作戦立案係である先輩くんは、このテーマを突破口だと思っている。

その穴は落とし穴なのに——否、虎穴なのに。

「……うう」

今すぐ立ち上がって、美術室に駆け込みたい——長縄さんの愛情が溢れるフランス軍服を着ているけれども、構うものかと、伝令係を務めたい。

だけど、それはできない。

リーダーにお伺いを立てるまでもない——その行為は、美学に反する。

美少年探偵団の団則の、隠れたその4。

『団（チーム）であること』——だけど今、どうしようもないことに、わたしはそのチームのメンバーではないのである。

だから祈るしかない。

信じるしかない——信じろ。

あの五人はわたしみたいなクズのことでさえ、本気で迷惑がることはあっても、それでも本気で馬鹿にしたことはなかったはずだ。

だから信じろ、愚直なまでに美しく。

美少年探偵団を信じろ、わたし。

「もしも解決策があるとするなら」

と。

祈りモードのわたしに、長縄さんはまとめるように言った。

「本当に、掛け値なく『馬鹿には見えない服』を作ってしまうことでしょうね——嘘から出た真（まこと）にしてしまう、夜の夢のように」

10　下校道

ともあれ。

ついに活動停止前の引き継ぎも終えて、本格的にやることのなくなったわたしは、ただそうするしかないからという理由で下校する……、いやはや、こんなつまらん下校は久し振りだ。

味も素っ気もない下校。

かつては当たり前の帰り道だったにもかかわらず、人間、一度贅沢を覚えてしまうと本当に駄目だ。

『なくて当然』と『あって当然』は並立しない。

成長は堕落と共にある。

ほんの半年前、自分がどんな必死さで、夜の校舎の屋上でひとり、天体観測をしていたのか……、もう本当に思い出せない。

あの必死さと懸命さはいったいなんだったのか。気のせいか何かか？

あれが過去の出来事になるなんて、信じられない。

今頃、美術室で彼らは映像製作の佳境だろうか——それとも、もう完成させて、打ち上げパーティの最中だろうか。

足手まといがいなくなったから、作業が早く済んだかもしれないし……、くそう、こういううじうじしたネガティブ思考も、いざ直面してみると久し振りだとわかる。思ってもみなかった。

ずっと根暗少女なつもりだったけれど、なんだ、結構明るくなっていたんじゃないか、わたし。

それだけに、ぶり返しが辛い。

大口径の拳銃をぶっ放したかのような反動だ。

自分がつまらない人間であることに耐えられない——つまらない人間がつまらない家に帰ることの、どこに喜びを見出せばいいのだ？　それとも、あの連中なら、こんな下校道からもなんらかの美しさを見出せるのだろうか——こんな、ハプニングもサプライズもない、ただの歩道から。

とか、そんなうじうじシンキングを続けながら、こういうときに寄り道すればいい盛り場も知らないわたしは、さりとて立ち止まるわけにもいかず、

「あっ」

と、別に携帯電話をいじりながら歩を進めていたわけでもないのに、前を歩く、他校の女子にぶつかってしまった。

「す、すみません……」

「いえ、いいのよ、こちらこそ」

ほら見たことか。

この通りだ、このざまだ。

美少年探偵団のメンバーでなくなってしまうと、起こる事件もこんなものだ……、なんと、道を歩いていて人にぶつかるなんてね。

…………。

え、いや、待って。

待って待って待って待って待って。

眼鏡をかけている状態のわたしは、過剰な視力が抑制されているから、ぼんやりと歩いていれば、そりゃあ前を行く人にぶつかることもある――だけどそれは、半年前の話である。

今のわたしの視力は、既存の眼鏡で抑え切れるものではなくなってしまっている――たとえぼんやりしていようとも、仮にうじうじしていようとも、わたしの眼球は、嫌でも膨大な視覚情報を、視神経を通じて脳内にねじこんでくる。

詰め込み教育さながらに。

いわば情報のフォアグラだ。

つまり文字通り目を瞑(つぶ)っていたところで、何かに、まして誰かに、ぶつかるなんてことはない――極論、地面を向いて歩いていたところで、わずかな光の反射から、周囲を立体的に捉(とら)えることができるくらいである。

目で超音波を見ているようなものだ。

これは意志の力でどうにかなるものではない……、どうにもなりはしない。今のわたしに『前を見るな』と言うのは、息をするな、心臓を動かすなと言っているのと同じようなものである――皮肉なことに、スタンスが後ろ向きに戻った今、わたしは誰よりも前向きである。

い、い、い、い、い。

そんなわたしが。

他校の、女子と、ぶ、つ、か、っ、た、だ、と？

他校の女子――いや。

「こちらこそ――ごめんね、おたくを刺そうとしてたんだけれど、まさかぶつかられるとは思ってなかったから、また失敗したよ」

振り向いた彼女は——彼は、いややっぱり彼女は。
恐ろしく個性のない表情で、まるで身体（からだ）の一部のように——まるでそちらが本体であるかのように携えていたバタフライナイフを、パチンと閉じた。

11　再会

沃野禁止郎（よくやきんしろう）。

わたしの対立候補として選挙戦に参加していたときには、確かそう名乗っていた——二年Ｂ組のクラスメイトで、そのときは男子生徒だった。

だが、彼はクラスメイトではなかったし、沃野禁止郎でもなかった——だから、男子生徒じゃなかったとしても、何の疑問もない。

不思議も違和感もない——なんにもない。

わからない。

あのとき、女子が男装していたのかもしれないし、今回、男子が女装しているのかもしれない……、それ以前に、人間かどうかも怪しい。

確かなことはひとつだけ。

彼もしくは彼女が、胎教委員会から指輪学園に送り込まれた刺客だったということ――髪飾中学校を始め、数々の中学校を、退廃させてきた張本人だということ。

バタフライナイフは、セーラー服の胸ポケットにすとんと仕舞ったけれど、だからって油断はできない――この中性的な無個性は、わたしをクルマで轢こうとしたし、長縄さんのことは、実際に轢いた。

脅しじゃない。小粋なジョークでもない。

こいつは本当に今、わたしを刺そうとした――鍵穴に鍵を差し込むくらいの自然さで、バタフライナイフを使用しようとした。これもまた皮肉なことに、もしもわたしが、彼もしくは彼女の『存在感のなさ』に気付いていれば。

衝突する前にすべてが終わっていたかも。

活動停止が解ける前に……、生命活動を停止させてしまうところだった。裏を返せば、『わたしがぼんやり歩いていた』程度の理由で、こいつは人を刺すのをやめる。

その程度の殺意。

殺意はあっても決意はない。

「相変わらずみたいね……、その制服、どこの？　今はどこの中学校の、誰子さんなの？」

「おたくの前で取り繕っても仕方ないな。今は目口じびかと名乗っている……、目口さんと呼んでおくれよ」

またもや性懲りもなく、五秒で決めたみたいな偽名を名乗ってやがる……、目口耳鼻科？　じびか？

「悩みごとがあるなら相談に乗るよ。生徒会長の席で椅子取りゲームをした仲じゃないか——そんなに警戒しなくていい。もしもこの場から逃げられるかどうかを計算中なら、脅して手間を省いてあげるよ。きみが背を向けたら、俺はその背にナイフを投げる——さすがに真後ろは見えないだろ？」

「……言ったっけ？　わたしの視力のこと」

「自分を負かした奴のことくらいは調べるよ。俺がいくらいい加減でもね」

女装しても一人称は『俺』なのか、それとも俺っ娘の女子なのか……、そんなことを考えさせられている時点で、無個性の術中にはまってしまっている。役作りだっていい加減なのだ、こいつは。

検証するだけ無意味である。

「その視力のせいで、俺はおたくを轢き損ねたというわけだ。納得、納得。けれど、こうして再会して、ちょっと安心した。やりあったときから比べて、更に磨きがかかったというその視力も、『俺』そのものを視認できるほどじゃないらしい」

ないものは見えないってわけだ。

得意気に言われたが、唇を噛むしかない。

できれば眼球を噛みたいくらいだ。

過剰な視力の限界を露呈したも同然なのだから——膨大な情報を、強引にでも脳にねじ込んでくるわたしの視力も、確かに、存在しない人間を視認することはできない。

無個性は見えない。

『馬鹿には見えない服』……。

「喜んだほうがいい。おたくにとっては朗報だ。おたくが俺の脅威じゃないなら、わざわざ取り除く必要もないから」

「……そんなことを確認するために、ここで待ち伏せしていたってわけ？」

「まさか。『見て』の通り、そんなに暇じゃない」

それは暇そうに見えるけれど。

という毒舌は、長縄さんの前でそうするのとは別の意味合いで、封印しておくことにした——たとえ口ではなんと言おうとも、こいつ（くそう、もう偽名を忘れた——この無個性、とことん記憶に残らない）は、何がきっかけでわたしを殺しにくるかが、まるっきり不明だ。

意味不明だ。

とことん真意が知れない——真意をたやすく翻意する。

下校道で遭遇したというのが偶然じゃないと言うのなら、当然、わたしの視力の事情を押さえられていたように、わたしの自宅も押さえられているのだろうし……、たとえ今、本当にわたしを刺す理由がなくなったのだとしても、ものの弾みとか、むしゃくしゃしたからとか、そんな理由で気が変わりかねない。

「嘘じゃないさ。俺は嘘なんてつかない。これでも仕事中の忙しい合間を縫って、おたくに会いに来てやったんだ……、マジで珍しいんだよ？ 俺みたいな奴が、個人的な理由で動くなんて……、いや、結局仕事のためかな？ これでプロジェクトを、滞りなく進められるんだから」

「ぷ……、プロジェクト？ それは……、胎教委員会の？」

「お互い、調べはついているってわけだ。ま、俺は雇われだから、連中の思想とかに興味はないんだけれど……、なあ、おたくに一個訊いていい？」

よそ見をしながら、明らかに他のことを考えながら——今日のスポーツの結果や明日の天気や昨今の芸能ニュースのことを考えながら、元沃野くんは出し抜けに、わたしに問いかけてきた。

「連中は本気だ。お察しの通り、俺は本気って柄じゃない——そんで、おたくの応援団は、本気だよな。常に本気だ。俺が本気じゃないから、本気の奴ってのはなんとなーくわかるんだよ」

「………」

「温度差ってのは、冷めてる奴のほうが敏感に感じちゃったりすんだよな。で、だから消去法で、本気じゃない奴ってのも、やっぱりなんとなーくわかっちゃうんだよな——もちろん、おたくのことだ」

と、元沃野くん。

「要は俺の疑問は、おたく、俺のことを随分批判的に見ているみたいだけれど、おたくはどうなんだ？ってこと。おたくは俺の側の人間じゃねえのか？ 胎教委員会とも、美少年探偵団とも、チンピラ別嬪隊とも、違うんじゃないのか？ ああいう風にはなれない——って思う普通の奴なんじゃないのか？」

「………」

「いや、意地悪とか、おたくをただただ嫌な気分にさせたいとか、そういうつもりで言っているわけじゃなくって、マジでわからないんだ。おたくから見れば俺は意味不明だろうが、俺から見ればおたくが意味不明だ。おたくが周りに乗せられて、その気になってるだけの奴なのか、それともそうじゃないのか」

答えられない——答えたくもない。

会話したくもないし、同じ空気を吸いたくもない——そう思うのは、わたしが元沃野くんを嫌いだからか？

違う、そうじゃない。

い、い、い、い、い、わたしがわ、わ、わたしを嫌い、い、だか、か、からだ。

鏡を見ているようなものだから——実際にそうなんじゃないのか？　美少年探偵団を一時的に離れたことで、まるで夢から覚めたように、わたしはわたしに直面しているだけなんじゃ……。

直面し——対面し。

赤面している。

「……わたしがもしも、思想を持って戦うあなたの敵だったら、やっぱり刺すの？　それともクルマで轢くの？」

「どうだろうな。そのとき、俺がどんな気分になるかなんて、俺にもわからん。警告するとすれば、俺をその気にさせるなってことだけだ——だけど、もしもお前が神輿（みこし）にかつぎあげられているだけの、俺と同じ奴なら」

　普通の奴なら。

　何の取り柄もない、どこにでもいる普通の奴なら。

「そのときこそ刺す。確実に」

「……わたしは美少年探偵団のメンバーだよ。あの美形どもは、わたしの応援団なんかじゃない──わたしの仲間だ」

　自分でも、自分の言っていることを信じられないままに、わたしはそう言った──それを受けて元沃野くんは、いかにもどうでもよさそうに、

「あっそ」

　と笑った──普通に微笑(ほほえ)んだ。

　そしてくるりとわたしに背を向け──無警戒に背を向け、その場から去って行こうとする。

「……あの、わたしからも、一個いい？」

　およそ世の中に、ここまでただ見送ればいいだけの背中もないだろうに、わたしは、意趣返しでもあるまいに、その背中に、疑問をぶつけてしまった。

　危険人物を──異常人物を。

普通の奴を、引き留めてしまった。

「そういう人間でいるのって、いったいどういう気分なの？　よくも悪くもどんな思想も持たずに、なんとなく仕事をして、それをノリでやめちゃったり、何事にも本気になれなかったり、すぐに意見が変わったり、まあいいやで済ませたり、流されたり、大事なものが大事じゃなくなったり、責任はもちろん、自尊心が持てなかったりするのって――いったいどういう気分なの？」

「最低の気分だよ。それがどうした？」

元沃野くんは振り向きもせずに、そう返事をした――そう訊かれたらこう答えると、無個性に決めているように。

「そんなのとっても、普通だろ？」

12　所感

ただでさえ憂鬱で、この上なくつまらない下校道が、それこそ最低の下校道に成り果ててしまったことで、帰宅したときには、わたしは疲労困憊の体だった――そのままぶっ倒れるように寝てしまった。

ハプニングもサプライズも起こらなかった、結果的には。

それでも、地球が滅んだほうがマシだと思える下校道に、惰眠を貪(むさぼ)らずにはいられない。

翌日が精密検査であることを思えば、きちんと睡眠を取るのはいいことなのだが、しかし不覚な気持ちは否めなかった。

不覚の眠り。

夢見は極悪だったし、ようやく目覚めたときには、危うく罪悪感で死ぬところだった……、少なくとも、死にたくはなった。

元沃野くんのことで魘(うな)されたのではない。彼もしくは彼女は、そういう意味でも記憶に残らない、普通の奴だ——記憶にも印象にも残らない、夢にも見ない。

そうじゃなくて。

その少年心はいつも僕達と共にあると、団長が言ってくれていたにもかかわらず、芸術文化映画祭の応募締め切りである深夜23時59分59秒まで待つこともなく、ただただ我欲の赴くがままに惰眠を貪ってしまったことが極悪であり、罪悪なのだ。

こんなもんか、わたしの帰属意識は。

疲れたら寝ちゃう程度の当事者意識。

元沃野くんに言われた通りか——何を言われたんだっけ？　それにしても、美学も美声も美食も美脚も美術も、ぎりぎりまで映画製作を頑張っていたかもしれないのに、わたしと来たら——もっとも、わたしが自宅で起きていたところで、何の意味もないのも確かだ。

どんな助けにもなれないどころか、経過を見守ることさえできない……、なぜなら、わたしの家には、投稿作品を見るためのツールがないから。

スマートフォンもタブレットもパソコンもない……、目に悪そうな電子機器の類は、何もない。わたしが持っていないのはもちろん、家族も持っていない。こっそり持つこともできないのだ。だって、わたしの目は、秘密や隠しごとを見抜くのにとても向いているから……。

負担をかけていると思うし、それが家庭内に不和を生んでいることも間違いない——『そんなことは気にしなくていいよ、家族なんだから』と言ってくれるタイプの家族ではないけれど、しかしわたしをないがしろにするタイプの家族でもないというわけだ。

なので、起きていようと寝ていようと、徹夜していようと熟睡していようと、朝目を覚ましたところで寝過ごしたところで、美少年探偵団の映画製作がその後どうなったのか、わたしは確認するすべを持たなかった。

さすがに千里眼ではない。

どんな出来なのか、どんな内容なのか。

そもそも間に合ったのか。

間に合ったのだとすれば、テーマである『馬鹿には見えない服』という難題を、どのように表現したのか——どのように乗り越えたのか。

乗り越えたのか、飛び越えたのか。

皆目見当がつかない。

……元沃野くんと遭遇したことは、たとえ無期限活動停止中でなくっとも、彼らに伝えたくはなかった。

あんな邪悪と、かかわって欲しくない……。

もしも映画作りのその先に、あの刺客との再戦が待ち構えているのだとすれば、いっそクオリティにこだわっているうちに、投稿が間に合わなかったというオチのほうが、望ましいくらいだった。

その確認もできないけれど……。

学校に行って誰かのスマートフォンで見せてもらうのが、映画作りの顚末(てんまつ)を最速で確認するための方法なのだけれど、しかしドクターによるわたしの視力の精密検査は朝から、数時間かけておこなわれる本格的なものなので、今日は授業をお休みせざるを得ない……、むう、急に何もかもが、うまく回らなくなったこの感じ。

つくづく、これぞわたしの人生という感じだ。

みるみるわたしに戻っていく。

しかしまあ、連中も連中だ……、お堅いことを言わず、誰かひとりくらい、こっそり近況報告をしてくれてもよさそうなものなのに。

ああ、でも、そうか。

貸与されていた連絡用の子供ケータイも、活動停止期間は没収されているのだ——ドラマか何かで、停職中の警察官が、警察手帳と手錠、そして拳銃を預けなければいけないようなものである。

これで位置情報を探られないという意味では、活動停止中は、わたしのプライベートが確保されるわけだ。

なので、今、わたしの手元にあるコミュニケーションツールは、札槻くんからプレゼントされたほうの子供ケータイだけである（そちらでは位置情報は探られていない……はず）——当然、彼から連絡があるわけもない。

あっても困るけれど。

かの遊び人は、今、自分の学校を立て直すのに忙しいのである……、彼との約束を完全に破ってしまっている現状を、果たしてどうしたものか。

どうにもできない。できることはない。

まずは自身の健康問題を解決しなければ——とは言え、美少年探偵団製作の映像のことを、一切気にしないほど、切り替えられるわけもない。

わたしはクズだが、機械ではないのだ。

クズなりに感情はあり、とても明日までは待てない。

精密検査を終えたあと、もう授業は終わっているにしたって学校へと向かい、放課後の生徒会室で、長縄さんと一緒に、彼女のスマホで確認するというのはどうだろう——これなら、美少年探偵団のメンバーとしての活動じゃない。

生徒会活動だ。

探偵団のメンバーとしては活動停止中でも、わたしは生徒会長の役割は果たさなければならないし、長縄さんにも会えるし、そんな風に閲覧する分には、指輪学園中等部の生徒として、当然の興味である。

なにせあの（元）生徒会長とあの番長の、夢の共演なのだ——生足くんや天才児くんが、いったいどんな役どころで『裸の王様』に出演しているのかも興味深い。

……真面目な話、生足くんは外部（陸上部？）から女優を連れてきて、『裸の女王様』をやりかねない危うさもあるので、そこは興味深いと言うより、心配だ。

そして小五郎は？

あの小五郎は何をする？

「ああ、もう……、頭の中が美少年のことでいっぱいだ。なんだかんだで」

それが恥ずかしいし、少し悔しい。

13 久し振りのスカート

リーダーやロリコンから、さすがそこまで厳命されたわけではないのだけれど、やはり美少年探偵団のメンバーでない以上、わたしには男装する理由がなくなってしまう――いくらなんでも髪の長さを元に戻すわけにはいかないが（わたしの家に、エクステなどというお洒落グッズの用意はない）、半年ぶりにわたしは指輪学園の、女子用の制服へと袖を通して、そして眼科に向かった。

ハッピーな足取りではない。

わたしが受けた精密検査の内容を、ここで精密に記してもいいのだけれど、たぶん誰も興味がないと思うので、一気に放課後まで時間を飛ばそう——語り部として横着したいわけではなく、なにせ病院の本格的な検査だから、結構言いたくないような、恥ずかしいポーズもいろいろ取ったりしたので。眼球を脳ごとえぐられるんじゃないかと不安になったとだけ記しておこう。

ホラー映画みたいな診察だった。

ともかく、即刻入院というような展開にはならず、あとは結果待ちである……、その結果如何(いかん)によって、わたしの美少年探偵団のメンバーとしての活動停止期間の長さが決まる、運命の結果待ち。

今のところ、精密検査の結果が出るまでが停止期間ということになっているけれども、出ればそれで、晴れて活動再開というわけにもいかない——いや、と言うか、あえてその提案に対し、そこのところを深く詰めていなかったけれど、いったいどんな結果が出れば、わたしは美術室に戻れるのだろう？　出入り禁止が解けるのだろう？

たとえ精密検査の結果が最良だったとしても、わたしの過剰な視力がいずれ失われるという現実が変わるわけではない……、と言うか、中学卒業までに失明するというドクターのざっくりした診断が、大きく外しているとは思えない。

あれは勘と言うより本能だ。眼科医の。

あの読みが正確なデータに基づいた確定的な情報となれば、無期限活動停止が、単に永久追放に変わるだけじゃないんだろうか……、いやいや、これ以上、ネガティブになるのはやめよう。

考えるな。

考えなくてもいいことはある。

それはどういう巡り合わせなのか、精密検査の結果が出るのは、ちょうど芸術文化映画祭の優勝者が決まる、来週のことだった……、神様も味なことをする。

酷なことをする。

そんなわけで、わたしは病院の前で、付き添いの両親と別れて、学校へと向かった——まさかそんなことはないだろうけれど、また元沃野くんにぶつかる災難だけは避けたいので、いくら気分が塞いでも、ちゃんと前を見て。

「あれ？　今日は女の子なのね、瞳島ちゃん」

A組に向かう途中の廊下で、長縄さんとばったり出会った——男装時とは結構印象が違うはずなのだけれど、あっさり言い当てられてしまった。

「あはは、骨格でだいたいわかるよ。今まで何枚、瞳島ちゃんの写真を撮ったと思ってるの？」

百万枚くらいかな。

すごく長い付き合いみたいなことを言ってくれて嬉しいけれども、仲良くなってからまだ一ヵ月も経っていない。

ちょっと怖いな、その観察眼。愛情かな？

「私、これから塾なんだけれど、瞳島ちゃん、何か用事だった？　──用事でしたか？　瞳島生徒会長」

塾ですと？

そんな施設がこの世界に実在するのか？

というのは冗談で、そう言えばそうだった──長縄さんは週三で塾に通っているのだった。

A組の生徒がA組で居続けるためには、言うまでもなく、それに匹敵する努力が必要だということである──それで生徒会活動もおろそかにしていないというのだから、いやはや、見上げたものだ。

最近は撮影会もおこなわれるようになったというのにねえ。

クズなわたしらしいと言うか、自分の用事をお願いすることばかり考えて、それをすっかり失念していた……、生徒会室で一緒に、美少年探偵団製作の短編映画を見ようと思っていたけれど、これではそういうわけにはいかない。

「うん、用事だったんだけど、明日でいいや。ごめんね、昨日引き継いだ咲口前会長の、卒業制作の件で。どうなったかなって気になって」

「あ、ひょっとして、一緒に見ようと思ってくれてました？」

副会長モードになった長縄さんは、逆に申しわけなさそうに頭を下げた。

「ごめんなさい！　もう先に見ちゃいました！」

謝られることではない、どころか、なんてできる副会長なのだ——時間の使いかたが上手過ぎる。この子だけ一日が四十八時間あるんじゃないのか？　ツールはなかったとは言え、それに元沃野くんと遭ってしまったという地獄みたいな事情があるとは言え、てっぺんを待たずに寝てしまったわたしとは大違いである。

「咲口前会長が、あの難題をどうクリアしたのか、気になっちゃって……、でも、さすがでした。締め切りは昨日だったっていうのに、いったいいつから、製作していたんでしょうね」

締め切りが昨日で、製作も昨日からだ——計画さえ、一昨日からスタートしたものである。

とは言えない。

でも、そうか。

長縄さんは、単なる興味本位ではなく、生徒会執行部の名前を貸しているという責任もあって、言われるまでもなくその投稿作品を確認したのだろうけれど——確認できたというのであれば、少なくとも間に合いはしたということらしい。

ほっとした。

いや、待て。まだほっとするな。それが必ずしもいいこととは限らない。『馬鹿には見えない服』という難題を、どのようにクリアしたか如何によっては、応募しないほうがマシだったという結果を招きかねない。

テーマに囚われ過ぎても本末転倒しかねないが、胎教委員会へのアプローチは、受賞できなければ無意味である。

まして、『馬鹿には見えない服』の仕立てかたを誤れば、美少年探偵団の活動に、大きな瑕瑾を残しかねない——

「さ、さすがでしたって言うのは、締め切りに間に合ってさすがって意味かしら？　それとも……、内容がさすがだった？」

おっかなびっくり、探るように、わたしは訊く。

たぶんぜんぜんさりげなく訊けていないけれど（この演技力で映画に出ようとしていた

とは)、なりふり構っていられなかった。

「内容がさすがでしたよ。感心させられました——ああいう方法があったとは、思いもしませんでした。『さすが』、咲口前会長は、発想が柔軟ですね」

「え——それは、どう」

「ああ、でも」

逆説の接続詞が続いたことに、ネガティブなわたしは不穏な気配を感じたけれど、長縄さんがその後に続けた言葉は、

「締め切り的にも、やっぱり『さすが』でした。だって、『馬鹿には見えない服』を、五通りも仕立てたっていうんですもの」

あんな美しい短編映画を、五本も。

製作したっていうんですから。

14　ひとり試写会

「ご一緒することはできませんけれど」

と、驚いたことに、長縄さんはスマートフォンを貸してくれた。

え、嘘。スマートフォンって、人に貸したりして大丈夫なアイテムなの？

人によっては命より大切な宝物でしょ？

「一応、隠したいところには鍵をちゃんと掛けてるから大丈夫です。着信とかは無視してください。万が一、私のセキュリティにぬかりがあっても、変なとこ見ないでくださいね。アルバムとか、結構な私の痴態が保存されてますので」

それは知っている。存じ上げている。

なぜなら同じフォルダに私の痴態も相当数保存されているはずだから（バニーガールなど）。

この信頼を重いと思ってしまうわたしは、やっぱり長縄さんの友達として、釣り合ってないんだろうなあと感じてしまうけれど、今はそんな劣等感よりも、己の好奇心を優先してしまう。

好奇心。

そう、これは好奇心でしかない——メンバーとして心配しているとか、胎教委員会への許せない気持ちとか、生徒会長としての職務意識とか元沃野くんへの恐怖とか、そういうのがこぞって全部吹っ飛んだ、純粋な好奇心だ。

五本だと？　短編映画五本？

驚きを禁じ得ないし、受けた衝撃は、生徒会室にひとりになった今も、まだ抜けきっていない――んー、まあ、ありなのか？

確かにあの応募要項には、応募数の制限はなかった――一グループにつき一作品までという規定はなかった。

人数制限も、予算制限もなし――それははっきり明記されていたけれど（そこに悪意を感じなくもなかったけれど）、作品数というのは盲点だった。

で、しかし、それとは別に、五分から十五分という規定があった――間を取って、平均十分と考えれば、かける5で、五十分。

五十分の映画を撮ったとなると、これはもう大ごとだ。

大作だ。

あの美少年達は、いったい何をやってるんだ？

明白である。明々白々である。

奇々怪々であるのと同じくらい、明々白々である。

連中は、スタートの遅れを、物量で補おうとしている――作品募集が開始されたのがいつなのかはわたしは把握していないけれど、閲覧数で競うコンクールであるのなら、投稿が早いに越したことはない――念のために確認しておくと、これは何も不公平でも、ましてズルでもない。

胎教委員会のやることだからと言って、何もかもがあくどいわけではない……、現実のアートや、まあいわゆるエンターテインメントでもショービズでも、早い者勝ちという側面はどうしたってある——公平さを担保するなら、先輩くんも一応はそうフォローしていたように、後出しの優位さだってないわけではないという点で、今回の場合は、美少年探偵団が『裸の女王様』を投稿するリスクは回避できたわけだ。

そして閲覧期間の短さは、作品数を五倍にすることで対処する……、事実上一週間、七日の期間も五倍にしようという算段なのだろう。

かける5。

漫画家で言えば、百万部突破の傑作を描く巨匠と、二十万部突破の名作を五本描くベテランの、トータルの部数が等しくなるようなものだ。この場合、多様性が生まれる分、意外と後者のほうが、作家本人の認知度が高くなったりもする。

応募要項の隙をついた奇策——いや、どうだろう、メンバーがそこまで考えているかどうかはわからない。

と言うか、考えていない気もする。

単に、五人のメンバーが、いわばいつも通り、恒例の流れで、五人五様に短編映画の製

作プランを持ち寄って、それぞれを突き合わせた結果、

「うん、どれもいいアイディアばかりじゃないか！　これを選別するなんて美しくないな！　よし、いっそのこと、全部作ってしまおうではないか！　なあに、きっとなんとかなる！」

という、鶴のひと声があったんじゃないかという推測のほうが成立しそうだ——思えば、あんなにブレインストーミングに向いていない集団もない。

ボスが全肯定の人なのだから。

出てきたアイディアをすべて採用してしまう——船頭多くして船山に登ると言うけれども、あの団長は、それぞれの船頭に船を買い与えてしまうような、信じられない大らかさがある。

そのブレストにわたしが出席していれば、止めていたのだが……、そうか、出席者にリアリストがいなくなると、こんな夢を見た結果になってしまうわけか。

長縄さんのように素直に感心できればいいのだけれど、しかしながら、その五作品態勢……、五人監督態勢成立の経緯がこのように推測できるわたしとしては、今のところ、危うさしか感じない。

奇策として受け取るなら、なるほど妙案ではあるけれど、しかしそれで問題が回避でき

たのかと言えば、実のところ、そうでもない。

あまりに当たり前過ぎて、ここまでわざわざ触れて来なかったけれども、五本作品を作るとなると、その労力は単純に五倍になる……、いや、五倍以上か。五乗は言い過ぎかもしれないけれど、ここは言い過ぎたい。

五分のショートムービーを一日で撮ったと聞けば、まあ、今のテクノロジーならそれも不可能ではないという風に納得できるにしても……、それでそれぞれの出来が雑になったり、粗製濫造になったりすると、本末転倒どころの話じゃない——ただ恥を晒して終わりである。

本当に終わりである。

その場合、策を弄して失敗したという嫌な現実だけが残る……、五本のうち二本を捨て案とするような世間ずれした器用さを、彼らが有しているとは、とてもじゃないけれど思えないし、よしんば作戦としてロリコンあたりが思いついていたとしても、団長がよしとするとは考えられない。

しかも、作品同士の間でも競争が起こりかねない。

かぶって食い合ったらどうする？

同士討ちは十分にあり得る可能性だ。

トータルの票で入賞を狙うという（後付けの）プランがあるにしても、それは逆に、票が分散するという結果にもなりかねない……、そんな戦略も、選挙戦のときにさんざんしたものだけれど。

むろん、そんな仲間内での競い合いが、作品をよりよくするというシナジー効果に基づく考えかたも、あるにはあるのだけれども、それは時間のあるときにすることだ……、いや、ひとり生徒会室で、長縄さんのスマホを両手持ちしたまま、うだうだ言っていても仕方がない。

もう見るしかないんだ。

それしかない、それしかできない。

わたしが『美観のマユミ』であろうとなかろうと、見るしかない。

たとえ彼らがどんなへまをやらかしていたとしても、すべては後の祭りである……、この半年そうしていたように、不本意にも常識人ポジションに座っていたわたしが、フォローすることはできない。

考えれば考えるほど、好奇心が怖いもの見たさみたいにもなっていくけれど……、光明となるのは、元雪女でわたしのエンゼル、長縄さんが『さすが』だと、内容についても高く評価していることだ。

わたしの視力がどうだとしても、彼女の目に狂いはあるまい……、いや、彼女は彼女で、その正体も知らずに、ロリコンに長期間尽くしていた過去があるので、そのベクトルが加わっていることは否めないが（詳細を話していないので、長縄さんは『美声のナガヒロ』監督作品以外の四作も、ロリコン作だと思い違いをしているはずだ）、それが一縷（いちる）の望みである。

ええと、スマートフォンって、どう操作すればいいんだろう……、該当するアプリの履歴から見られると言っていたけれど……、子供ケータイ二台持ちのわたしは、アプリが何なのかもよくわかっていない。

タッチパネルは静電気で反応しているという話だけれど、下手に触って、感電したりはしないのだろうか……、この程度のリテラシーの奴が、大上段に構えて、これから映画批評をしようというのだから、映画製作も楽ではない。

頼むからわたしのお亡くなりになったプランのほうがマシだったと思わせないで欲しいと、切実に祈りながら、わたしは「ままよっ！」と、まずは一本目のショートフィルムを再生した。

これは……、そうと記名されているわけじゃないけれど……、たぶん、生足くんの監督作品かな？

15 『生足の王様』（足利飄太監督作品）

タイトルがわたしの冗談（『裸足の王様』）の、斜め上を行っていた――『生足の王様』って、もうもじった元がわからなくなっているじゃないか。それは普通に生足の王様なのでは……。

いきなり停止ボタンを押したくなる。

しかも、『生足の王様』と言いながら、監督本人が王様役で登場するわけではないようだった――生足くんは映像中に、何役としても登場しない。

配役は四人。

王様役＝天才児くん。

仕立屋役＝不良くん。

家臣役＝先輩くん。

子供役＝リーダー（女装）。

登場人物が四人というのはどうやらフォーマットとして、五作品すべてで固定されているようで、わたしが先輩くんと話したときに想定したような、監督兼脚本兼主演というような形は取らないらしい。

まあ、映画を五本製作することで多様性を持たせると言っても、ベースにある程度の共通点は持たせておかないと、ひとくくりにできなくなってしまうから、そこは調整したのかもしれない。

美少年探偵団といえど、まったく話し合いができないわけでもあるまい。

チーム独自のレギュレーション、フォーマットということか。

女装させたリーダーを画面に登場させていることは、これはまあ予想通り――もうひとつ言うと、家臣役の『美声のナガヒロ』は、同時にナレーション（語り部）も担当していた。

ここはわたしでもそうする。

ロリコンのいい声を、ここで使わずにどこで使うというのか？　犯罪現場か？　ナレーションだけでなく、町の住人だったりの、音声のみの登場人物も、彼が七色の声で対応するという感じらしい。

確かに、成り立っている。

おそらくは美術室の一角を使って撮影したシットコムなのだが、そうは見えないあたり、美術班が限りなく有能だ……、天才児くんが、時間のない中でうまくやりくりしてくれたのだろう。

うん。

とりあえず映画の体は為(な)している。

よかった。

作品以前のものを世に出してしまってさらし者になるという事態だけは、さしあたり回避されているようである——ハードルが低過ぎると言われるかもしれないけれど、わたしが、実のところ結構真剣に心配していた、『画面に美形しかいなくなったら、逆に色物っぽくなってしまわないだろうか？』という取り越し苦労も、メイクや衣装、演出などで、如才なく仕上げている。

なにせ誰でも知っている不朽の名作童話『裸の王様』をベースにしているのだから、シナリオにも安定感がある……、矛盾点やらは見当たらない。もちろん、贔屓目(ひいきめ)に見ても、多少荒削りな部分もあるのだけれど、わたしは批評家ではないので、そういう部分はむしろ（普段は感じない）中学生らしさということで、好感が持てるくらいだ。

ただし、ここからである。

これでようやく、テーマに対する挑戦権を得たようなものだ——即(すなわ)ち、『馬鹿には見えない服』という底意地の悪い難題を、どうクリアするか。

お手並み拝見——生足くんが相手なら、足並み拝見と言ったところか？

結論から言えば、生足くんの監督作品『生足の王様』が、胎教委員会の仕掛けたトラップに引っかかるということはなかった……、それが偶然なのか、それとも突破口に見せかけたトラップを看破した上での回避なのかは、さすがに映像を見ただけでは判断できないけれど、彼らしいトリッキーさで、生足くんは課題をクリアしていた。

トリッキーさ——と言うより、トリックか。

映像作品では目新しい、ほとんど奇異とも言っていい新機軸の手法ではあるけれど、しかしながら推理小説をほんの少しでも嗜んでいれば、ごくごくお馴染みで定番の手法であるとも言える。

推理映画ではなく、推理小説。

あくまでも。

つまり叙述トリックである……、映像的な仕掛けを打つには、時間も予算も人員も不足している自主製作映画だからこそ、与えられたテーマを逆手に取ったわけだ——『馬鹿には見えない服』。

童話『裸の王様』を念頭においてこのテーマを解釈するなら、当然ながら、『馬鹿だったら見ることのできない服』と読むしかないわけだけれど、そんな先入観をさっぱり取り払って、もう一度、文章だけを切り取り、孤立させて再読してみると、違う意味にも受け取れる。

つまり『馬鹿には見えない服』＝『賢く見える服』と。

物語の舞台は、名君だった先代の王様が亡くなり、その息子の愚王が君臨することになった、小さな王国……、民を安心させるためにも、周辺強国から攻め込まれないためにも、家臣達は先代の王から託された、愚王を教育せねばならなかった。

教育。

しかし愚王を教育する時間はなく（締め切りが深夜までという深刻なメタネタも含まれていた）、家臣は仕立屋に依頼する――せめて外見だけでも、賢君のように飾れないものかと。

そしてやってきた仕立屋は、しかし詐欺師であり――というストーリーボード。

ベースは間違いなく『裸の王様』であり、きちんとテーマも守っている……、いや、厳密に言えば守っていない。

レギュレーションには反している。

推理小説風に言うなら、アンフェアの誹りをまぬがれない――だが、叙述トリックとはそういうものであり、気持ち良く騙されることを楽しまねばならない。リテラシーを放棄するというリテラシーが求められる。

土台、トリックである時点でアンフェアなのだ。

作中で仕立屋は『馬鹿には見えない服』を王様に売りつけたし、ネタバレ防止のために詳細なオチは記さないけれど、子供役のリーダーが、その『真相』を見抜くという結末も、童話から逸脱しないものだった。

唯一受け手として、トリック以外の部分で突っ込みを入れたくなる点があるとすれば、これ、『生足の王様』である必要はないんじゃないかと思った。

いや、素足で野原を駆け回ることを趣味としていた無邪気な愚王が、仕立屋の策略で、上品な白タイツを穿かされて（王様と言うより、王子様がよく穿いている奴だ。上品だし、確かに賢そうには見える）、だけど最後には、無垢な子供からの指摘を受け、そのタイツを脱ぎ捨てるという展開なので、まあ上手にこじつけてはいるのだけれど——絶対にタイトルを先につけて、あとから内容を考えたのだと推測できる。

監督の趣味嗜好が露骨に現れている——それさえなければ歴史に残る名作だったというわけではないけれど、たとえ突貫工事でも、やっぱり創作には、作者の余計なこだわりがでてしまうようだ。

創作と言えば、王様役、愚王に天才児くんを配役するあたりが、天使長の悪魔な部分がよく出ている——さすがに動画サイトというおおやけの場で、家臣役の先輩くんをロリコン呼ばわりはしないだけの配慮は、その悪魔にもあったようだけれど。

馬鹿馬鹿しくも、そこは恐いところだったから。

長縄さんに倣って『さすが』と言うなら、さすが陸上部のエースだけあって、『美脚のヒョータ』は課された障害物を、ひらりと軽やかに飛び越えたという印象だ……、うん、やっぱり、ちょっと反則にしても。

これ一本で勝負しているのなら、いささかトリッキー過ぎるという評価をせざるを得ないだろう——だが、単体ではなく五本の中の一本と考えるならば、こういう創意工夫もあっていい。

初手から奇手をかまされたという印象だけれど、しかし別に、この作品から見ろと、わたしは強要されたわけでもない……、むしろ、わたしは履歴を辿っているのだから、長縄さんはこの生足くん監督作品を、一番最後に見たんじゃないだろうか?

愛する長縄さんとできれば体験を共有したいので、わたしも彼女と同じ順番で見ようかなとも考えたけれど、ちょっとその行為は一線を越えている気がするし、慣れないスマホの操作でしくじって、うっかり長縄さんの痴態フォルダを見てしまっても気まずいので、このまま逆流していくことにしよう……、次の作品のタイトルは……、何々、『裸の仕立屋』？　どなたの作品だ？

16　『裸の仕立屋』（袋井満監督作品）

不良くんの作品でした。

あの『美食のミチル』は、なんと言うのだろう、料理以外のことに関してはからっきし不真面目な態度で一貫していると言うか、いつもぶっきらぼうに参加している感じなのだけれど、しかし不思議なことに、ミーティングにおいて出すアイディアは意外とまともだったりする。

本人に自覚はないようだけれど、探偵団のメンバーとしておこなう事件の推理が、誰よりも的を射ていることも多い……、なのになんで番長なんてやっているんだと、首を傾げたくなる。

ともあれ、そんな不良くんだからこその、骨太な作品だった……、監督は出演しないというルールのようだから、役者を見れば消去法で、どのメンバーの作品かは自動的に判明するのだが、この『裸の仕立屋』に関しては、たとえその消去法を使わなくても、不良ならざる不良くんの監督作品だとわかっただろう。

本当、変なところで真面目な奴だ。まともなところで真面目になればいいのに。

配役は以下の通り。

王様＝生足くん。

家臣＝天才児くん。

仕立屋＝先輩くん。

子供＝リーダー。

ナレーションはなし、かつ、詐欺師である仕立屋に、生徒会長だった頃には番長と敵対関係にあった咲口長広を配役している辺りに、やはりチーム内部の人間関係が窺い知れる……。

期せずしてわたしは、受け手の立場に立っているわけだけれども、作り手側の事情がだいたい透けて見えるというのも、こうなると善し悪しだな……、作品と作者を切り放す意味でも、知らないほうがいい作者の事情というのは、やっぱりあるらしい。

しかし、先輩くんを仕立屋に据えたのは、単なる悪意というわけでもないようだ……、なにせ、タイトルからもはっきりしている通り、この物語の主役は詐欺師の仕立屋だからだ。

詐欺師の仕立屋が、王様を騙して巨万の富を得るために、『馬鹿には見えない服』を作ろうとするというのが、不良くん脚本のおおまかなストーリーである。

トリックというわけではないが、これも生足くんと同じく、推理小説の技法である――いわゆる倒叙ものという奴だ。

犯罪者を主人公に、その悪事を描くミステリー……、有名なのは、推理ドラマの『刑事コロンボ』だけれど、美少年探偵団らしく、江戸川乱歩作品から例をあげるなら、たとえば『パノラマ島奇譚』もそうだ（ネタバレではない）。

主役を好敵手（だった）先輩くんに委ねるあたり、不良くんが、ロリコンのことを認めているのがわかる……、とは言え、むろん、『パノラマ島奇譚』と同じく、探偵役を務めるのは小五郎である。

明智小五郎、そして小学五年生の団長。

……活動停止になったことで、その点でも客観的になれたけれど、どう考えてもリーダーを信奉し過ぎだよな、あのチーム。

そして、既におわかりの通り、この不良くん監督作品は、コンクールのテーマである『馬鹿には見えない服』を、真っ正面から突破している……、生足くんがテーマをひらりと躱してみせたのに比べて、あまりにも馬鹿正直な正面突破だった。

だってこの場合、『馬鹿には見えない服』を表現しようとしているのは、映画製作チームではなく、あくまで作中の人物、主役の仕立屋なのだから。

詐欺師で悪党、ピカレスク。

主役は犯罪者である。

しかもその企み(たくら)は当然のごとくコミカルに失敗するという、文句のつけどころがない勧善懲悪だ……、不良生徒が勧善懲悪をモラリッシュに描くことの是非は、まあこの際、脇に置いておくとして。

結局、愚かだったのは王様を騙そうとした仕立屋だったという教訓的なオチは、ベースとなる『裸の王様』と同じく、やや風刺的とも言える——ちょっとキツめの風刺だったが、そこは監督の作風なので、やむを得ないと看過する。

……しかし、通説、作者と作品を切り放すべきとは言っても、本当に性格が出るな……、しかも、個々人各々の個性のみならず、美少年探偵団のメンバーとしての属性も、よく出ていると思う。

探偵団。

叙述トリック、倒叙もの。

ひょっとして、彼らはこの路線で、五本全部の映画を製作したのだろうか？　ありうる……、だとすれば、彼らが独自に設けたその制約こそが、期せずして胎教委員会の、テーマという名のトラップを、クリアさせているのかもしれない。

目には目、歯には歯、トラップにはトリック……。

ふうむ……、いや、まだそう結論づけるのは早計である。生足くんのと不良くんの、二作品を見ただけだ……、言っちゃなんだが、美少年探偵団の中でも、クリエイター・アーティスト気質からは、比較的縁遠いふたりである。

体育会系とアウトローだもんね。

こういうのの本命はやっぱり天才児くんだろうし、そもそもの企画立案者である先輩くんの作品……、そしてこの世の何者より、何をしでかすかわからないリーダーが、『裸の王様』をどう監督したのか、この目で確認しなければ。

精密検査の結果も知れないこの目で——

17 『暗闇の王様』(咲口長広監督作品)

サムネイルが真っ黒だった時点で、とめどなく嫌な予感はしたけれど、再生ボタンを押しても、約十五分の間、スマートフォンの画面にはまるまる黒味(くろみ)が流れた——ひょっとして長縄さんのスマホを壊してしまったんじゃないかと、わたしの顔色がカラフルになったほどだ。

真面目に故障を疑った。

わたしの操作の問題じゃなくとも、メンバーの誰かが、映像を投稿する際、なんらかのミスをしたのではないかと——ただ、どうやらそういうことではないらしく、これはそういう作品であるらしい。

黒味にヴォイスオーバーだけという作品。

前衛的過ぎるだろ。

これが中学生の作品か？

不良くんのときとは真逆で、これがいったい誰の作品なのか、わたしは判断に苦しんだ……、なにせ画面に誰も映っていないので、消去法作戦が使えない。

だけどヴォイスオーバーに耳を澄ませてみると、配役は以下の通り。

王様＝リーダー。

家臣＝不良くん。

仕立屋＝天才児くん。

子供＝生足くん。

……つまり、この作品は先輩くんが監督を務めているということだ。

どんな闇を抱えているんだ、あのロリコン。

こんなの、『ロリコンの王様』のほうがまだマシだろ。

これまでさんざん、わたしはあの先代生徒会長のことを、ロリコンだロリコンだと揶揄してきたけれども、マジでやばい奴だったんじゃないかと震えたくなってくる……、前の二人が、リーダーを子供役、探偵役の『正直な子供』に、まあ真っ当に据えていたのに比べて、王様へと配役していることも、そういう目で見ると怖い……、女装させた上司を王様に据えている……、もしかしてあの人、からかっちゃ駄目なタイプの先輩だったんじゃないのか？

『暗闇の王様』って、暗闇なのはあなたの心なのでは……。

作者と作品は切り放して考えるべきという標語が、こうなると別の意味でわたしに襲いかかってくる……、この映像のどこに、わたしの知る先輩くんらしさを求めればよいのだ？

わたしが切り離された気分だ。

そう思い、わたしはもう一度、この恐怖映像を頭から見てみることにした……、その意味では、非常に中毒性が高いムービーだと言えなくもなかった……、そして、その甲斐あって、わたしは監督の意図を理解した。

と言うのも、先述した配役は、どうやらわたしの勘違いだったらしい——監督を直接知るわたしだからそう気付けたくらいのことだけれど、王様役はリーダーではなかったし、家臣役は不良くんではなかったし、仕立屋役は天才児くんではなかったし、子供役は生足くんではなかった。

ひとり五役と言うか。

すべての声を先輩くんが担当していた——七色の声を持つ『美声のナガヒロ』。

彼がそれぞれの役者の声を再現して、ヴォイスオーバーしていた——先輩くんだけは、わたしと話していたときの企画趣旨通りに、監督兼脚本兼主演を務めたようだ（ついでに助演まで）。

無茶苦茶してやがる。

ここまでで一番の、そんなのありかだ。

ただし、これなら十分の映像を、十分で作れる——テストや撮り直しを含めても、三十分かからないくらいで、ショートフィルムができあがる。

前衛的な意欲作のように見せかけて、きっちりコストパフォーマンスを考えているあたり、先輩くんの、そう、わたしのよく知る先輩くんの、先輩くんらしさがよく現れている——ほっとする。

ほっとしたことで、今の今までどれだけ冷や冷やしていたかを痛感した……。

むろん、生足くん監督作品以上に、これこそ、五本の中の一本だから許される邪道であることは間違いない……、まさか長縄さんも、五本の中でこれだけが、尊敬する先代生徒会長の監督作品であるとは思うまいて。

え？　テーマはどうなったって？

ああ、そうそう。

身内にしか伝わらないような、製作者特有の悪戯(いたずら)めいた『ひとり五役』に惑わされ、それで次の作品に向かいそうになったけれど、それでまっさらな気持ちで見た（聞いた）三度目の視聴で、新進気鋭の監督の狙いははっきりした。

要はこれは、映像作品にかこつけた、朗読劇なのだ――だから先輩くんは、他のメンバーに出演を任せるのではなく、自らが代役を務めたのである。単に奇をてらうつもりで、ひとり群読に挑んでいるわけではなく、きちんとした、言うなら建設的な狙いがあるのだ。

狙い澄ましている――澄ました声で。

そのレベルの朗読劇が可能なのは、美少年探偵団の中では――指輪学園の中でも、『美声のナガヒロ』だけだから。

『馬鹿には見えない服』。

どころか、画面が黒味なら——画面が暗闇なら、誰にも、何も見えない。馬鹿でなくとも、服でなくとも、何も見えない——にもかかわらず。

見えるのだ。

『美声のナガヒロ』の朗読に集中すれば、ストーリーがまざまざと頭の中に思い浮かぶ——想像力を喚起される。『にもかかわらず』ではなく『だからこそ』なのか……、頭の中から視覚情報が引き出される。

思い出すのはこわ子先生の作品である……、あれは映画ではなく絵画だったが……、合宿中、先輩くんが発見したあの作品は、いわば『音』で『風景』を表現する技法が取られていた。

発想の根幹はそのあたりだろうか？

あの合宿がここにきて活きたのか。

先達の知恵を受け継いだのか——それとも、これも前のふたり同様の、推理小説のテクニックと言うべきなのか。

考えてみれば、文章のみで物語を『表現』する小説は、他のメディアに比べて、読者の想像力に依る部分が大きい……、そういう意味では『読む』ことによって成立する、作者と読者のコラボレーションである。

生足くんは叙述トリックを使ったけれど、先輩くんはもっと根本的に、行間紙背を駆使した、ただの叙述で勝負した——『馬鹿には見えない服』というよりも、これは、なんと言うか……、『賢ければ見える服』というイメージなのだろう。

視覚情報が遮断されている以上、本来何も見えないはずなのに、それでも衣装まで含めた『物語』が見える——受け手としては、これはちょっと嬉しい。難解な小説を読んで、それを面白いと思えたら嬉しいのと同じだ——先輩くんはあえて難易度をあげることで、視聴者に歯応えのようなものを与えている。

前衛的に製作することで、視聴者……、聴取者であるこのわたしに『これがわかるのは自分だけだ』と思わせることで、特別な一体感を演出する……、まあ、有り体に言えば、『賢い気分にさせてくれる』。

朗読される内容もそんなおはなしで、つまりこのショートフィルムは、語ることで、『馬鹿には見えない服』を、見せてくれているわけだ。

これは変化球である。

映画なのだから、『わかる人にしかわからない』、『わからない人にはわからない』という作品も、確かにあっていい——この臨場感溢れる、伝統的な童話であるにもかかわらず、まるで昨日あった体験談でも語られているような朗読を聞いて、仮に『特に何も思い浮かばない』という感想になっても、それが悪いわけでもない。受け手を馬鹿にしているわけではなく、むしろ頼りにしているからこその、挑戦的技法。

変化球と言うよりは飛び道具か？

推理小説風に言うなら、『読者への挑戦』ということ——単体で勝負するのはやはり厳しいにしても、やはり五本の中の一本なら、こういう作品も……否。

いいいいいいいいいいいい、こういう作品がなければならない。

これを作るのは、創作者の義務だ。

行き届いたわかりやすさや、誰にでも伝わる面白さも、それはもちろん素晴らしく、かつありがたいものではあるけれど、世界がそういう作品ばかりで満たされてしまうと、受け手は逆に、馬鹿にされているような気分になってしまうかもしれない……、エンターテインメントにもアートにも、手応えや歯応えを求めてしまうのは、必然だ。

トレーニングを重ねれば、筋肉が成長するように……、眼筋だって鍛えられるように……、それを実感できる作品は、そりゃあ楽しい。この、やばいショートフィルムを楽しめたことを、誰かに自慢したくなる……、なんというか。

結論づけてみれば、人心をくすぐるのが得意なスピーチの名手、まさしく先輩くんの本領発揮という映像作品である。

　やりおるわ。

　この『読者への挑戦』を、もっともっと究極まで追求するのであれば、『七色の声』を作って四役を演じるのではなく、自身の声で正統派の朗読を徹底するほうが、より効果的で、合目的ではあっただろうが、そこはたぶん、作り手として妥協した。

　高尚にし過ぎないのも大切である……、それで本当にわからなく、つまり見えなくなってしまっても、本末転倒なのだから……、『ついていけない』と思われたらやっぱり論外であり、他の四作に登場する、それぞれの役者が演じる、一連の作品の中の一本なのだという体は、道路標識として必要だと考えたのだろう。

　確かにわたしも、何かの間違いで難解な映画を見てしまったとき、『あれ？　ひょっとしてこの製作チーム、映画作るの下手なんじゃないの？』と思ってしまったことがある。

　合理的な割に、気苦労の多い人だ。

　……光のない、闇に包まれた王国で、それでも人は着飾る意味はあるのかと、哲学的な問いを投げかけてくるストーリーは、やや童話『裸の王様』から逸脱しているように思われて、若干そこだけは、先輩くんらしさと言うよりも、中学生らしさが（それこそ）見え隠れしたようだったけれど、うん、それくらいの瑕疵ならば、目を瞑ってあげてもよかろう。

さて、このムービーに限っては予定外に三回も見てしまったので、現時点でわたしは総計五十分も、スマートフォンを見続けてしまっている……、元々、わたしが子供ケータイを使っているのは、画面の光から視力を保護するためなので、借り物であろうとなかろうと、これはよろしくない。

バッテリーの残量も心配だ。

スマホを持っていないわたしは、当然、充電器も持っていないので、このままでは空っ穴になったスマホを長縄さんに返すことになってしまう……、ものを借し貸りするような友達がいなかったのでよくわからないけれど、自動車を借りたら、ガソリンを満タンにして返すのが、社会の礼儀なのじゃないだろうか？

人付き合いの距離感。苦手ジャンルだ。

そんなところに手応えも歯応えも求めたくない……、まあいい、あと二本だ。短ければ十分、長ければ三十分……、表示されているパーセンテージの減少ペースからして、それくらいなら、バッテリーも持つだろう。

わたしの目も持つだろう。

次は……、ん？　次も黒味？

18 『見えない王様』（指輪創作監督作品）

いくらなんでも五本のうち二本も朗読劇……ではないにしても、映像をオフにした作品があったら、グループ全体に影響を及ぼすのではと不安にかられたが、しかしそれは杞憂だった——根っからのアーティスト気質である天才児くんが、そんなイージーミスを犯すわけもない。

そう、次なる作品（長縄さんの見た通りの順番で言えば恐らく二本目の作品だが）は、天才児くん——『美術のソーサク』の手によるものだった。

ここで来たか。

生足くん監督作品はタイトルから、不良くん監督作品は作風から、作り手が誰なのか特定しやすかったけれど、天才児くん監督作品は、そのテクニカルな要素から、作り手の気質がはっきりと出ていた——編集技術がほぼ使われていなかった先輩くんの作品とは、真逆と言える。

一言で言うと、アニメーションだった。

確かに芸術文化映画祭のビラには、アニメやCGも可だと記されていたが、人数と予算、そして時間に余裕のない美少年探偵団には、関係のないただし書きだと思われていた……、ただ、天才児くんの作成したアニメーションは、いわゆるコンピューターグラフィックやデジタル技術とは無縁と言っていい、手書きのそれだった。

極めて原始的なアニメーション。

パラパラ漫画も広義ではアニメーションの一種であり、天才児くんの作品はその系統――黒板アニメだった。

一昨日、先輩くんから話があったときに、美術室を出た天才児くんだったが、あれは本当に（わたしが危惧したように、ふてくされて出ていったわけではなく）着想を得て、あの時点から準備を始めたということらしい……、どこかの空き教室で、黒板にチョークを走らせ続けていたのだろう。

黙々と――白煙を散らしながら。

美術室にも黒板はあるけれど、書いたり消したりを繰り返す黒板アニメだと、チョークの粉が辺りに舞い広がってしまうので、孤高の芸術家はメンバーの迷惑を考えたらしい……、まあ、テーブルが真っ白になっていたら、不良くんが怒りそうだ。

黒板アニメの作りかた自体はシンプルである。

場面の絵を描いて、それを写真に撮って、絵を消して、次のコマを描いて、写真に撮って……、一秒あたり何コマ必要なのかはともかくとして、そうやってできた大量の画像を、繋げて再生する（パラパラ）。

一連のこの工程には、特殊な機材は必要あるまい……、わたしが今持っているスマートフォンで十分だ。なんなら編集アプリをダウンロードするまでもなく、プリインストールされている標準機能で、アニメーションは作成できるはずだ。

人数はいらない。予算もいらない。

ただ、労力を見越して他のメンバーよりも先んじて準備を始めたといっても……、合計で二日かけずに、そんな愚直な方法で、短編アニメーションを作り上げるとは（他のメンバーが監督する作品の製作にも、役者や美術班として協力していることも忘れてはならない）。

天才児くんは、やはり天才児くんだった。

映像時間は五分きっかし。

バンク映像もあったようだし、ただただ枚数を描いたわけではなく、締め切りに間に合うよう、コストパフォーマンスを調整するような工夫はこらされているようだけれど……、それでも、やっぱり愚直は愚直だ。

これは頑張ればわたしにもできるんじゃあと錯覚させてくれる天才性の産物である。

天才児くんを愚王に配役した生足くんは、そういう意味では正鵠を射ていたと言えなくもない——天才の技法と言うより、ここまで突き詰めると、芸術馬鹿だ——何かが見えている、芸術馬鹿。

芸術、と言うなら。

それもわたしが軽口で言っていたのとは違って、天才児くんはそんな黒板アニメを、BGMもヴォイスオーバーもなしで製作していた——トーキー映画ではない、無声映画である。

映像（画像の連続）も、黒板に白のチョークで描かれた絵だけで構成されているので、言うならモノクロである……、スマートフォンという最新鋭のガジェットを使用しながら、ここまでのレトロ感を溢れさせているのは狙いなのか、それとも、コスパなのか。

アフレコをしなくていいというのは、大幅な時間の削減に繋がるし……、構想段階において打ち合わせをしたわけではないのでそこは単なる偶然だろうが、先輩くんの音声のみの黒味作品と、真逆であるがゆえの、いい補色関係になっている。

黒と黒の補色。

一言も喋らないという無言の作りもまた、寡黙な天才児くんらしさではある。

むろん、一本だけ他の四本と、ルールが外れてしまわないように、黒板に描かれる物語の登場人物は、美少年探偵団のメンバーをモデルにしていた。

王様＝生足くん。

家臣＝先輩くん。

仕立屋＝不良くん。

子供＝リーダー。

バニーガール＝？？？

……登場人物にバニーガールがいる。

いや、ここは実写に対するアニメーションの利点と言うか、登場人物の数を、役者の数よりも増やすことができるわけだが……、バニーガール？

あ、これ、わたしだ。

瞳島眉美さんだ。

そっか、天才児くんは一昨日の時点から準備を始めたわけだから、わたしが翌朝、無期限活動停止処分を受ける前から、映像製作に入ったことになり……、当然、わたしの出演を見込んで配役プランを組み立てていたわけだ。

確かについ先日、潜入調査のために、あの美術班にはわたしをバニーガールに仕上げてもらったけれども、わたしのイメージが彼の中で、バニーガールで固定されてしまっているとすれば、由々しき問題だ……、退廃をまったく防げていない。

どうするんだよ、次巻の表紙がバニーガールになったら。

まあ、ここはまだしもバニーガールでよかったと思うべきなのかもしれない……、そうでなければ、たとえばわたしを王様に配役して台本を書いていれば、アニメーションに大幅な修正が必要だった……、享楽的な王国のシンボルとしてのバニーガールなら、なんとかモブ的な記号として処理できる。

とは言え、わたしの活動停止が、天才児くんの創作活動の、足を引っ張ってしまったことは否めない……、参加できなかったことはわたしも不本意ではあったとは言え、申しわけない気分になる。

まあ、チョークでデフォルメされたイラストであっても、バニーガール姿のわたしを勝手にネット上に公開されたことを考えれば、申しわけないどころかわたしは怒ってもいいくらいなので、そこはとんとんかもしれない。

編集の結果、出番はほとんどカットされたようだけれど、本当はどういう役どころだったのだろう、このバニーちゃん……。

製作秘話が気になるところだ。

メイキングを見たい。

知らないほうがいい秘話な気もするけれど——とは言え、この黒板アニメーションは、そのアーティスト気質溢れる愚直さこそが、『馬鹿には見えない服』の象徴と言うわけではない。

表現は表現として、テーマに対しては別個に取り組んでいる——そういう意味でも、先輩くんの作品とは補色関係にある。

ストーリーにテーマを取り込んでいると見るなら、そう、不良くんの手法に近いだろうか？　物語は、バニーガールが王宮に常在するような、退廃した大国で進展する——描かれるのは芸術に対する弾圧だ。

バニーガールで表される『享楽的』な『文化』を、規制するべきだという良識派の声に、果たして王様がどのように答えるかという寸劇——アイコンとしてバニーガールを挙げているので、どこかギャグっぽくなっているけれど、バニーちゃんは生足くんが好きそうな春画や裸婦画、あるいは屈強な男子が半裸になっている彫像だったりの比喩(ひゆ)なのだと思う。

エロティックやフェティシズムを、芸術・文化と、どのように融合させるかというのは、一概に語れたものではないけれど、天才児くんは果敢にもその点に切り込んだらしい——ショートフィルムで何をやってるんだ、あの子は。

先輩くんが『読者への挑戦状』だったなら、これは天才児くんから胎教委員会への、正面切っての挑戦状なのかもしれない――『裸の女王様』系統の作品が溢れる、コンクールそのものへの。

物語終盤（と言っても四分あたり）で、良識派からの声に押し切られそうになった王様（生足くんを王様役に据えているのにどんな含意があるのかは不明だ。まあ、彼の裸婦画好きを評価してのことか）は、窮余の一策として、バニーガール愛好家の仕立屋（＝不良くん。まさかとは思うけれど、彼はバニーガール愛好家なのか？）に相談を持ちかける――そして編み出されたのが、バニーガールにはこれから『馬鹿には見えない服』を着せるという政策だった。

良識派の皆さんの仰る通り、バニーちゃんには上着を着せましたよ？　ただし『馬鹿には見えない服』ですが――というわけだ。

不良くん監督作品の『裸の仕立屋』では、仕立屋を悪党に仕立てることでトラップを回避したけれど、天才児くんは弾圧される王様サイドに感情移入させることで、視聴者をそんな服作りの、共犯者にしたわけだ――つまりは共同作業。

受け手を馬鹿にするのではなく、受け手と一緒に、馬鹿なことをやろうというスタンス……、しかしそれだけで終わりにせず、最後の最後（五分）に、子供役のリーダーが、

「服を着ていようが着ていまいが、バニーガールはバニーガールだろう」と（無言で）指摘することで、ひたすら『表現の自由』を主張するだけの、捉えようによっては押しつけがましい映像作品にはならず、一定の中立性を保っている。

まあ、それでも、風刺どころではないメッセージ性の強さに、辟易（へきえき）する視聴者も少なからずいるだろう……、もしかして、これが社会派という奴か。

社会派推理小説。

不勉強にしてまだ読んだことはないけれど（堪忍してください。中学二年生なんです）、イメージほど本格派推理小説と、相反するものでもないらしい……、ふう。

時間にすればたった五分のアニメだけれど、パラパラ漫画だからか、ぬるぬる動く感じに、思いの外目が疲れてしまった……、少し休憩を入れたいところだけれど、しかし残り一本となれば、あとひと踏ん張り。

ましてそれがリーダーの監督作品となれば、この勢いでえいやっと見てしまいたい欲求には、勝てそうもない——ここまでのメンバーは、それぞれの取り組みでそれぞれの個性を存分に発揮し、かつ、胎教委員会の、受け手ならぬ作り手を馬鹿にしたテーマを、クリアしてきた。

生足くんは叙述トリックで。

不良くんは倒叙もので。

先輩くんは読者への挑戦で。

そして天才児くんは社会派で——それぞれ欠点はあったけれど、それを上回る美点があった。

らしさだけなら満点だ。

では、いわばそんな美点のまとめ役である『美学のマナブ』は、果たしてどんなチャレンジをしたのだろうか？

今のところ、女装して映画に出演している謎の中学生（本当は小五郎）でしかないけれど——劇中でも、ちょっとお芝居が大きいだけで（実際には本人は登場していない先輩くんの作品中でも、天才児くんの作品中でも、そう表現されていた）、そこまでおかしなことはしていない。

逆に言うと、彼の彼たる所以は発揮されていない。

らしさは、まだ見せてくれていない。

だが監督を務めるとなると、嫌でも彼の、奇妙奇天烈な個性が出てしまうはずである——一番心配だし、一番不安だし、一番楽しみだ。

ここまでの四作の出来映えを見る限り、そりゃ滅多なことはないと思うが、しかし五本のうち一本が駄目なだけで、全体が駄目に見えてしまうこともありえる——チームプレイは、いいことばかりではない。

いいことばかりでは——

「………」

わたしは再生ボタンを押した。

19 『裸の子供』（双頭院学監督作品）

タイトルが強いな。

それこそ、上着をかけてあげたくなる、オブラートに包んであげたくなる、挑戦的を通り過ぎてほぼ攻撃的でさえあるタイトルである……、こういうのは生足くんの分野なのでは？

『生足の王様』が可愛（かわい）く思える……、『裸の女王様』すらも。

どういう意図だろう？

まあ、センセーショナルなタイトルも重要だけれど、やっぱり大事なのは内容だ……、どこまでも陽気で底抜けに根明な小学五年生の、心の闇を覗（のぞ）くことにならなければよいのだが。

王様＝先輩くん。

家臣＝生足くん。

仕立屋＝天才児くん。

子供＝不良くん。

配役はまあ、実はこれまでで一番、妥当と言えば妥当なのか……？　元生徒会長の先輩くんを王様に据えて、なんだかんだで彼とコンビで活動することの多い生足くんを家臣役に……、仕立屋に美術班の天才児くん、悪ぶっているけれど、根は純真な不良くんを、正直な子供役に。

リーダーがメンバーを配役するなら、こうなるのか。

もしもわたしがいたら、どう配役されていたのかしらねえ？　バニーガールじゃないにしても。

ふうむ……、どれどれ。ん？　へえ……、王様じゃなくて、子供役の不良くんが主役なの？

……昔々、あるところに、透視能力を持つ子供がいました。その子はどんなものも、透かして見ることができました——服も、塀も、壁も、扉も、大地も、草木も、動物も、空も、星も。

人間も。

なんでも透かして見てしまうから、だから、その子には何も見えませんでした……、ページも透けてしまうので、教科書を読むこともできず、勉強ができなかった子供は、みんなから馬鹿にされながら育ちました。

だけど、そのうち、ひとつだけ見えるものに気付きました——すべてが透けて見えるけれど、子供には、美しいものだけは見えたのです。

美しい服なら。

美しい塀なら、美しい壁なら、美しい扉なら、美しい大地なら、美しい草木なら、美しい動物なら、美しい空なら、美しい星なら。

美しい人間なら。

見ることができたのです——だから思いました。

生まれ故郷を離れ、どこかにあるという、美しさに溢れた国を目指そう——そこなら、きっと僕はすべてを見ることができるから。

地図も見えず、道も見えず、標識も見えず、乗り物も見えない子供にとって、それは決してたやすい旅路ではありませんでしたが、遠くに『見える』、かすかに輝く光を頼りに、歩み続けました。

そして到着した国は、見るものすべてが美しかったのです——夢と希望に満ち溢れた、魔法のような王国でした。

まぶしくて、目を開けていられないほど。

どうしてもこの国に住みたいと思った子供は、王様に会いに行きます。しかし、不思議なことに、誰もが美しく着飾ったこの王国なのに、唯一、王様の着ている服だけが見えませんでした。

「どうして王様は裸なのですか？」

純朴にそう訊いた子供に、王様は「ちゃんと着ているとも」と答えます。

「ちょっとボロっちく見えるかもしれないけれどね。これは、そこにいる仕立屋が、僕のために、初めて作ってくれた服だ——誰がなんと言おうと、僕にとってはこの服が、一番美しい服なんだよ」

王様が誇らしくそう教えてくれた途端、子供にはその服が見えるようになりました——決してボロっちくなんてない、その美しい服が。

ああ、そうだったんだ。

どんなものでも、どんな風景でも、どんな人でも、見方を変えれば美しい——そういう風に見ることもできるんだ。

僕はなんて馬鹿だったんだろう。

それがわかった子供は、王様には何もお願いせず、そのまま故郷に帰りました。

もう何も、透けては見えませんでした。

ふるさとはとても美しい場所でした。

20 総評

……何も言うことはない。

言うことはできない、わたしは、ぼろぼろとこぼれ落ちる自分の涙で、長縄さんのスマートフォンを濡らさないことに必死だった——最新機種だからと言って、防水仕様だとは限らない。それに、涙を流すことが、わたしの目にとって、いいことなのか悪いことなのかもわからない。

いや、誤解しないで欲しい。

リーダーの監督作品に、感動して泣いているわけじゃない——こんなちゃんとしたおはなしを、あのリーダーが作れるのかという事実に驚きはしたし、また、明らかにわたしの目を主軸に据えた物語作りは、自意識過剰かもしれないが、わたし個人へのメッセージが込められているかのようだった。うん、たぶん団長から、活動停止中のわたしに向けての激励も含まれているんだろう。

心打たれないわけがない。

強烈な一打だ。

主役の子供を、一貫して客観的に描くことで、ちゃんと服を着ている王様を『裸の王様』として描く手法は、まあたぶん、先輩くんか天才児くんのアドバイスあってのものだとは思うけれど……、結果、テーマである『馬鹿には見えない服』を、きっちり描くことにも成功している。

素晴らしい。

他の四作品のときのように、あら探しをする気にもなれない——そうだ、わたしはあら探しをしていた。看過するための、スルーするための瑕瑾を探していた。自分の視力を、欠点を見つけるために使っていた。

心配するような素振りで、わたしがいなくても大丈夫かどうかなんて気にしながら——けれど、そんな傲慢な思い上がりは、リーダーの監督作品を以て、完全に、木っ端微塵に打ち砕かれてしまった。

結局、不良くんの言う通りだった。

わたしが入団するまで、美少年探偵団はもう少しまともな集団だったというあの言葉は、真実そのものだった――こうしてわたしが抜けることで、むしろきっちり、まともな作品が仕上がっている。

出来上がっている――完成されている。

美しく、完成されている。

行き過ぎた個性を持つ彼らの暴走を、わたしがどうにか制御しているつもりでいたけれど……、こうして五連続で現実を突きつけられてしまうと、いくらふてぶてしいわたしでも、認めざるを得ない。

どう考えてもわたしがいないほうがいい。

わたしがいてはならない。

わたしがいなければ、こいつらは何をしでかすかわからない――なんて、ずっと思っていたけれど。

そうじゃなかった。ぜんぜん違った。

わたしには何も見えていなかった。

美しい彼らも、醜いわたしも。

21　エピローグ

そして一週間後。

まずはコンクールのこと。

第一回全国中学生芸術文化映画祭の結果から述べると、残念ながら美少年探偵団が出品した五作品は、どれも入賞には至らなかった――集計期間の閲覧数で、優勝はおろか、『よく頑張ったで賞』ももらえなかった。

出品数に限りはないのだから、五本一緒に出すことでトータルの閲覧数を稼ぐという作戦は（そんな作戦が、そもそも彼らの念頭にあったのかどうかはともかく）、無効だったらしい。何本出品しようが、それぞれが独立した作品として評価されたようだった――まあ、それは、そうだと言われたら、そうかと納得するしかないような、ぐうの音も出ないNGである。

反論の余地はない。たとえあっても、それをするのは美しくない。

失格にならなかっただけ、よしとするべきか――それでも、個々で集計したところで、もっといい線行くんじゃないかと、わたしは思っていたけれど、これはやはり身贔屓というものだったらしい。

恐れていた通り、票が分散したというのもあるだろうし……、と言うか、それこそわたしのような視聴者が世の中には少なくなかったのだろう、美形ばかりが出演するショートムービーを、身内ノリの楽屋落ちだと、快く思わない受け手もそれなりにいたらしい……、まあ、いろんな視聴者がいてこそ、作品の多様性も担保できるというもので、受け手を否定しないというテーマを一貫させていた美少年探偵団が、自分達が否定されたからと言ってそんな受け取りかたを否定し返すのでは、筋が通らない。

それは美学に反するだろう。

彼らがこの結果に、まるで堪えていないだろうことは容易に想像がつくし……、製作に参加していないわたしが、どうこう言うようなことじゃない。

わたしがスマホを持っていたら、ひとりで百回くらい見てあげたんだけどねえ？　いや、無理かな。見るたび泣いちゃってたから。

で、行きがかり上、グランプリをかっさらった作品が何だったのかも述べておくと、私立アーチェリー女学院の映画研究部が製作した『裸の女王蜂』である――もうぶっちぎりだった。

内容は、えーっと、まあ、タイトルから大体察せられる通りの内容なのだけれども、それをあの有名な、受験競争率激高のお嬢様中学校の生徒達が演じたということでも、話題を呼んだ。

センセーショナルの極みだった。

テーマである『馬鹿には見えない服』に関するアプローチは、特になかったのだけれども、それがレギュレーション違反というわけでもない——考えてみれば『馬鹿には見えない服』を表現したからと言って、それで受け手を馬鹿にしたことになると決めつけるのも、乱暴である。『考えてみれば』と言うより、単なる考え過ぎだった感も否めない——胎教委員会の意図がどこにあったにしても、美少年探偵団はそのテーマに完全に振り回されてしまったわけである。

とは言え、『裸の女王蜂』は、ただセンセーショナルなだけでなく、ストーリーの内容を、ゴディバ夫人の伝説にそれとなく寄せるという、何かを言われたときにきちんと説明できるだけのエクスキューズも付随させていて、その如才のなさは、グランプリに相応しいと言えるだろう。

風紀を乱しかねないその内容は、もちろん賛否両論ではあったけれど、しかしまあ、風紀や体制を乱さないものを表現と言えるかどうかも、また議論の対象とすべき問題である——それこそ、受け手が受け手を否定するような地獄絵図は回避したいところだけれど、しかしどんな高尚も、最初は異端だったことを忘れてはならない。

そこも考慮して敗因を述べるなら、美少年探偵団は少し、いい子ちゃん過ぎた——美し過ぎたし、少年過ぎたし、探偵過ぎたし、団(チーム)過ぎた。

なので敗者として賞賛の言葉を贈るしかない。美しき敗者であるためにも、心から。

おめでとうございます。

続いて、わたしの視力の、精密検査の結果——は、いいか、もう、別に、どうでも。そんな大騒ぎするようなことじゃないし。

と言うわけで、わたしが大泣きしてから一週間後、美少年探偵団の無期限活動停止処分も、出入り禁止処分もめでたく解かれたその日の放課後、しかしわたしは探偵事務所である美術室に足を運ぶことはなく、さりとて生徒会室で長縄さんときゃっきゃと遊ぶでもなく、ぼんやりと柵(さく)にもたれかかって、校舎の屋上で時を過ごしていた——あっという間に夜になった。

夜空になった——星空になった。

星……。

「ははは、やはりここだったかね、眉美くん——懐(なつ)かしいね、きみと僕とが、初めて出会った場所だ」

あっさり発見されるし。

GPS内蔵の子供ケータイは返上したままなのだけれど、なんだろう、知らないうちにわたしの体内に、発信器でも埋め込まれているのだろうか？　ただ、やってきたのはリーダーひとりだった——全員で来られたらどうしようかと思っていたけれど、その辺、団長として、心得ているというわけか。

敵わないね。

「いや、他のメンバーは美術室で、反省会の最中だよ。うん、やっぱり作品の名に値するものを一日で作れるとか思っちゃ駄目だね。優勝作品の、あのダンサブルな感じを、大いに見習うべきだった」

何からでも美点を見出すね。

あの日もここで、わたしの目を美しいと言ってくれた——わたしのしょーもない、この目のことを。

激高したっけなあ。

「眉美くんも一緒にどうだい？　ミチルが腕を振るって、残念料理を作ってくれているよ」

「残念料理って何……？」

反省会用のメニューだろうか……、興味と食欲をそそられるけれど、しかしその誘いに応じるわけにもいかない。

「ねえ、リーダー。わたしがチームに入ったときに、突然男装して現れたわたしに、なんて言ってくれたか、覚えてる?」

「なんだったかな? 僕のことだ、きっと美しい言葉を贈ったに違いないが」

活動停止期間が終わったにもかかわらず、わたしがまだ、女子用の制服のままでいることには触れず、そんなとぼけたことを言うリーダー……、ひょっとしたらちゃんと覚えているのかもしれないと思いつつ、

「『歓迎しよう、瞳島眉美くん。波乱の誕生日を過ぎて、それでも大人になり損ねたきみは、次なる夢が見えるそのときまで、再び空を見上げたくなるその日まで、ここで存分に羽根を休めていきたまえ』……ですよ」

と言った。

団長が覚えていないのは想定内だったが、しかしわたしが、一字一句違わず覚えていたことに、少し驚いた。

このわたしが。

「ああ、言ったね。うん、言いそうだ」

「行き場をなくしていたわたしには、嬉しい言葉だったけれど……、でも、『休めていきたまえ』ってことは、いつか、わたしが飛び立つだろうと、リーダーはそのときから思っていたのかな？」

「？」

小首を傾げられた……、的外れなことを言ったかしら？

でもまあ、それはわたしに限ったことではないのかもしれない——リーダーの実兄である双頭院踊さんにしたって、美少年探偵団の設立者でありながら、もうそれを、思い出とさえ思っていない。

いつまでも少年ではいられない。まして永遠の美少年でいるなんて、至難の業だ。

不良くんも。先輩くんも。

生足くんも。天才児くんも——他ならぬリーダー自身も、である。

小五郎は、来年には小学六年生になるし、再来年には中学一年生になる——だから、そのときまでに。

美少年探偵団は永遠ではなく、一瞬の輝きなのだ。

「ところで眉美くん、きみの目のことを、ミチルの奴が心配していたが——」

「リーダー。グランプリに輝いた作品を製作した、アーチェリー女学院に潜入調査に行ってきてもいい?」

わたしは不敬にも、団長の言葉を遮(さえぎ)って、そう申し出た。そして、返事も相槌も待たずに、

「それを、わたしの美少年探偵団での、最後の事件にしたいの」

と言った。

私立アーチェリー女学院……、由緒ただしき、伝統ある格式高いあの中学校。女子なら誰でも、あの学校の制服に憧(あこが)れている。

そんな学校の制服を。

一週間前、わたしが遭遇した目口じびか——元沃野禁止郎くんが着ていたことまで、こと細かく説明する気はない。グランプリ作品『裸の女王蜂』の中で、彼または彼女が、主役を張っていたことも——胎教委員会が開催するコンクールで、あの無個性が、優勝を果たしていたことも。

出来レースとも、八百長とも違うだろう。

だが、狙いがあることは確かだ——きっとあの日、プライベートを装ってわたしに会いに来たことも、その狙いと何らかの関連があるのだと思う。

此度の美少年探偵団の活動は失敗した。

だが、新たなる手がかりは得たと言える——指輪学園や髪飾中学校のときもそうしていたように、もうあの刺客は、名門女学院からは音もなく立ち去っているかもしれないけれど、直後であるなら、きっと痕跡は残されている。胎教委員会へと繋がる糸を、たぐれるだけの手がかりが。

「やりたいことが、見つかった気がするの」

22 エピローグ2

戻って来れなかったときのために、やっぱり一応書いておく。どうでもいいことだけれど。

ドクターの友達診断は相当見込みが甘かったようで、精密検査の結果、このままだとわたしの『良過ぎる視力』は、中学卒業までどころか、三年生に進級までも持たないそうだ——『美観のマユミ』の行き過ぎた視力は、来月には、ピークを迎える。

ピークを迎え、崖っぷちに立たされる。

なので、どうあれそれまでに決着をつけなければ——先輩くんのガウン姿を、この目に焼き付けたいからね。

中学校の卒業式でも、ガウンって着るのかな?

(『美少年M』に続く)

美少年盗賊団

■

映画作りの、ちょっと前の出来事。

■■

わたしが美少年探偵団の誇るアーティストたる天才児くんの、ヌードデッサンのモデルを務めたことは、ギャグみたいなノリでこれまでに何度か面白おかしく触れてきたことがあったけれども、このたび、めでたく完成されたその絵画が、指輪(ゆびわ)財団の運営する美術館に展示されることが決まった。

非常に光栄な話である、ってそんなわけあるか！

「おいこら天才児！　なんとか言え！」

「そうがなりたてるな、眉美(まゆみ)くん。ソーサクは反省して、このように黙りこくっているんじゃないか」

リーダーはそう庇(かば)うけど、どうかなあ。

いつも通りの無口にしか見えないんだけれど……。

「そもそも眉美、お前がギャグみたいなノリで後輩にヌードを描かせてるのが問題なんだろうが」

「ですね。どちらかと言えば眉美さんのほうが不道徳で罪に問われるべきですね」

「うんうん。ボクも眉美ちゃんは、いつかこういう目に遭うんじゃないかと思っていたよ」

すげえ。

一糸まとわぬヌードが世間に公開されようとしている女子中学生に、誰も同情してくれない……、お前ら本当にわたしの仲間か？　たとえどんなにわたしが悪くとも、今は庇ってもらえるシチュエーションのはずでは……。

今庇ってもらえなきゃいつ庇ってもらえるのよ、わたし。

もっとも、勃発した信じられないようなこの苦境に関して、確かにわたしに責任の一端がないわけではない——いや、稀代の芸術家（の卵）たる天才児くんのモデルを務めたこと自体は、嘘偽りなく本当に光栄だと思っているので、そこに後悔はないのだけれども、完成したその作品を、この美術室に飾るのはさすがにやめて欲しいと彼に頼んだのは、このわたしである。

自分の裸を眺めながら活動したくない。

そんな毎日は御免だ。

だから天才児くんは、わたしのヌードを自宅に持って帰らざるを得なかったのだ——自宅と言うのか、邸宅と言うのか、この御曹司が普段どういう家に住んでいるのかは知らないけれども、ともかく、彼は持ち帰った。

それが何かの手違いで、美術館に向けて出荷されたとかなんとか——って、どんな手違いがあったら、そんな面白い展開になるんだよ。

スラップスティックコメディにも程があるだろ。

「仕方ありませんよ。ソーサクくんは、家では美術を禁じられているのですから、まさか私室に持ち込むわけにもいきませんからね。親御さんのプライベートコレクションの絵画に紛れ込ませるしかなかったのでしょう——結果、美術館運営の相談に立ち寄った館長に、その覚えのない一枚の出来映えが評価され、『こんな名作を個人宅に眠らせておくなんて勿体ないしとんでもない。公開する義務が、いや使命が』と、展示の栄誉を授かったという流れですね」

天才児くんは一言の説明もしていないのに、よくそこまでの意思疎通ができるものだと感心する……、なんてことだ、美術室への展示を拒否した結果、美術館に展示されることになろうとは。

　眠らせておけよ。

　そっとしといてやれよ。

　言えと言うのか、このわたしに？　公開と後悔をかけたギャグを。

「まあ眉美くんもこれからはこういうことのないように気をつけたほうがいいね。では、胎教委員会への対策だが……」

「ちょっと待って、そんな軽めの説教で終わりなわけないでしょ？　もうちょっと論じましょうよ、リーダー。この案件について」

　本題に先立っての雑談じゃない。場をあっためるためのアネクドートじゃないんだってば。

　怒るならもっとわたしを怒るべきだし。

　美しさを秘める意味がわからないと豪語する団長には、わたしの危機感がいまいち伝わっていないようだった。

「確かに、眉美の肉が大々的に公開されるのは自業自得としてもだ」

「わたしを食材として見ないで、不良くん」

「十四歳のガキのヌードデッサンを展示なんかしたら、その美術館、潰（つぶ）れるんじゃねえのか？　ひいては、ソーサクに被害が及ぶぜ」

「それはなんとしても防がないといけませんね、ソーサクくんは美少年探偵団の宝なのですから」

美少年探偵団のクズ鉄の心配もしろ。

天才児くんばっかり庇いやがって。

しかし、なるほど、その通りだ。最悪、天才児くんが事実上の理事長を務める、指輪財団の存亡にまで関わる。

傾国の美女を気取るつもりは更々ないけれども、まさかわたしごときの肉、もとい肉体に、財団をも揺るがすパワーがあろうとは……。最強だな、十四歳。

「だったら、まだ公開前でよかったって感じじゃないの？　素直に館長に事情を話して、絵画の展示を取りやめてもらえば……、どうやら隠し玉みたいな扱いっぽいし、何らかの代わりの絵を提供すれば、展示に穴もあかないでしょ」

生足くんの真っ当な提案は、しかし、

「事情は話せませんよ。作者不明、モデル不明の作品の、作者とモデルがバレてしまいます」

と、先輩くんに一蹴（いっしゅう）される。

一蹴は美脚の専売特許ではない。

芸術活動を禁止されている指輪財団の御曹司が、十代前半の先輩を裸に剝いて絵を描いていたというセンセーショナルなニュースを、半笑い以外の表情で説明するのは、確かに難しそうだ……、先輩が男装女子であることは、ヌードデッサンにおいては、あまり関係がなかろう。

丸裸なんだもの。

絵画が公開された場合と、ほぼ同じダメージを、天才児くんは負うことになる……、わたしも、まあ、ヌードこそ世間に公開されなくとも、指輪財団を揺るがした戦犯となれば、その後の人生に期待はできない。

最弱の十四歳になってしまう。

かと言って、美術館から絵画を回収する、適切な嘘と言うのも、咄嗟には思いつかない……、どうしよう。

「天才児くんの絵じゃなくて、不良くんの私物だったってことにしない？　そう言えば返してもらえるかも」

「なんで俺がお前のヌードを秘蔵しなきゃなんねーんだよ。俺の名誉のほうがガタガタになるじゃねえか」

そんな本気で嫌がらなくていいじゃん。

わたしが傷つかないとでも思うのかい？

「となると、諸君、打てる手はひとつだな」

と、リーダー。

探偵団の長らしい、威厳(いげん)あふれる口調である。

「夜中に当該美術館へみんなでこっそりと忍び込んで、誰にもバレないようにソーサクの作品を盗み出そう！」

……力強く宣言されても、勢いで押し切るにはやや無理があるほどには、およそ探偵団のやることではなかった。

■■

そんなわけで美少年探偵団改め美少年盗賊団は、真夜中の美術館へと不法侵入を果たしたのだった――もっとも、わたしとしては、なるべくその絵が人目に触れる前に回収したいところだったけれども、ことはそう単純には進まない。

トラブルが発覚した当日深夜、とはいかない。

さすがに倉庫（金庫？）で管理されている状態では手が出せないので、展示される公開日の前夜、つまり設営が終えられるまで、団長プランの決行を待たねばならなかった――展示される前に奪回したい絵画なのに、展示されるまでは手を出せないというのも、なんだか皮肉な話である。

ただし、不法侵入自体はうまくいった。

言っても（それが問題なのだが）指輪財団系列の美術館なので、見取り図やセキュリティシステムなんかは、天才児くんが容易に入手してくれたし、その上、わたし達には、札槻くんからプレゼントされた、軍事兵器がある。

その上どころか、これ以上ない。

生徒会副会長、長縄さんの目から、美術室の内装を隠したときに使ったステルス性の高い布で、黒子服を六人分用意する時間は十分にあった――探偵七つ道具どころか、これはもう、ただの犯罪に使ってしまっているけれど（間違っても札槻くんが、こんな使われかたを望んでいたとは思えない）、背に腹は代えられない。背も腹もおっぽりだしている絵画につき。

生足くんがその美脚を見えない黒衣の長ズボンで包み隠すことに難色を示したことは言うまでもないが、一喝して黙らせた。

わたしだって言うときは言うんだよ。

そして使用したアイテムはそれだけではない。

なぜなら透明人間だって、現代のセキュリティの前には、決してオールスルーではない――シースルーではあっても、オールスルーではない。防犯カメラは素通りできても、人感センサーやらパスコードロックやら、そう簡単には飛び越せないハードルは、あちこちに仕掛けられているのだ。

「まあ、この美術館の警備は、それでも薄いほうですけれどね。夜には生きた人間が配置されていないのが、いい証拠です。指輪財団の、アートに向けてのやる気が感じられるというものですよ」

先輩くんは天才児くんから提供された館内情報を一瞥して、そう評定した――悪巧みの表情だった。

不良くんよりもこのヒトのほうが、よっぽどワルに向いているよな。

「アートそのものではなく、アートに理解がある風を装うことが、彼らにとっては重要なのでしょう」

穿った見方ではあるけれど、まあ、跡取りである天才児くんへの教育方針を思えば（アート禁止。作るのも見るのも）、アートが好きで好きで仕方がないグループとは言えないのだろう。

対外的なアピールだったり、税金対策だったり、まあ、いろいろ大人の事情はあるんだとも思う。

子供には子供の事情があるように。

「盗まれるなら、いっそ盗ませてしまえという考えかたもありますからね。下手にセキュリティ意識を高くした結果、それでも無理に盗もうとされて、作品を傷つけられてしまっては本末転倒ですから」

強盗の被害に遭ったときは、変に抵抗しないほうがいい、みたいな話かな？　まあ、保険には入っているだろうし……、作品さえ無事なら盗ませてしまおうっていうのは、ありな発想なのかもしれない。

そう言えば『モナ・リザ』だったかな、実際、何度も盗難の被害に遭っている名画も存在するわけで——それでも、いつか無事に戻ってくれる可能性を残すほうが、まだマシなわけだ。

わたしの裸体は取り戻した瞬間、焼き払うけどな！

……とは言え、薄かろうと濃かろうと、指輪美術館にも、黒子服では対応しきれないセキュリティは仕掛けられているわけで、それにわたし達がどう対処したかと言うと、爆弾を使った。

爆弾。

もちろん、ダイナマイトや手榴弾のような代物ではない——わたし達は平和を愛する探偵団（盗賊団）である。

使ったのは電磁パルス爆弾だ。

電子機器をぶっ壊すアレだ……、現代では、通常の爆弾兵器よりも凶悪と言ってもいい、マジでマジのマジな軍事兵器。

笑える要素がひとつもない。

正確には、そんな電磁パルス爆弾を、片手で持てる拳銃型に改良し、ピンポイントで破壊したい電子機器を狙えるアイテムである。酷過ぎて名前もつけられねえ（電磁パルスガン、じゃ、いかにも軽い）。

これで監視カメラやパスコードロックは無効化できる……、『破壊度』を任意に調整できるのがこのニューアイテムの一番タチの悪いところで、不可逆的な破壊というわけではなく、不具合を起こした電子機器は、朝までには自動的に回復してしまうそうだ。

まあ、そうでないと、侵入方法や経路がバレるし……、ただ盗むだけでなく、壁にかけられた絵を他のものと入れ替えるという手段を取るつもりなので、不法侵入がバレなければ、バレないほうがいいに決まっているのだ。

入れ替える絵は、天才児くんがやっつけで描画した、同じ構図で、架空の人物（二十歳以上）をモデルにしたヌードデッサン……、使命に燃える館長が『あれ？　こんな絵だったっけな？　まあ他の絵と並べると、印象も変わるか……』とでも思ってくれたらめっけものだ。

納得のいかない絵を描かされ、あまつさえ展示されることになる天才児くんは、当然、納得していないようだったが……、リーダーの命令に、しぶしぶ従っているご様子である。

お前謝れよ。わたしに。

誠心誠意謝罪しろ。

「夜の美術館ってのは、なんか雰囲気違うな。まあ、言うほど美術館に足を運んだことがあるわけじゃねえけどよ」

不良くんが、そんな暢気（のんき）な感想を漏らす――場にそぐわない発言、かと思ったけれど、さては場慣れしてやがるな。

普段、夜はどこに足を運んでいるんだろう。

美術館慣れならぬ不法侵入慣れ――不良くんじゃなくて不法くんなのか。

「薄暗い中で作品を鑑賞すると、印象も変わるよね。見えにくいんだけど、よく見ようとする分、深いところまで見えた気になるって言うのか……、夜中に布団の中で聞くラジオとか、ベッドサイドライトだけで読む本、みたいな感じかな？」

逆説的な感想は、生足くん。

見えないからこそ見ようとするというのは、まあ、わたしにはわかりやすい表現だった。

「だって、秘められたエロスのほうがエロティックだもんね」

急にわかりづらくなった。

どんなラジオを聞いて、どんな本を読んでるんだよ。

悪かったな、秘められるどころか、大々的に公開されようとしていて――ちなみに、指輪美術館の敷地(しきち)面積は広大で、しかも三階建てだったりするのだけれど、美少年盗賊団は、手分けして探してはいない。

我がヌードの詳細な展示場所までは、見取り図では特定できていなかったので、本来、手分けして探すのが一番効率的なのだが、黒子服を着た状態でそれをやると、わたし達は二度と合流できなくなる。

そしてライトで行き先を照らすこともできない――折角、人目につかないデジタルギリースーツを着用しているというのに、自ら光を発する意味はない。

つまりわたしの視力の使いどころだ。

「わたしのお先に、真っ暗はない」

「やかましい。今更決め台詞(ぜりふ)を作るな。お先真っ暗になりかけているだろうが、今まさに」

返す言葉もねえよ。

そんなわけで、わたし達は、互いに互いを見失わないように、メンバー同士おててを繋(つな)いで、仲良く美術館の廊下を歩いている――わたしを中心の先頭に、こんな感じのフォーメーション。

美脚
美食　　美学
美観　　美声
美術

まるでわたしがリーダーのよう。

美形五人を従えているように見えて、実際には鉱山のカナリアみたいなものである……、見取り図ではわからなかった未知のセキュリティの存在も想定できるから、常に目を凝らし続けなければ。

やっぱり一度昼間に、下見に来ておくべきだったかなあ？　少なくともその（待ち）時間はあったのだから……、でも、不法侵入を目論むチームとしては、現場に痕跡をできる限り残したくなかった。

アプローチは一度で済ませたかった。

軍事アイテムも便利だが、最後に頼れるのは生まれ持った人間の能力というわけだ――なあに、まさかこれくらいの乱用で失明するってわけでもないし、折角の視力、惜しみなく使わなくっちゃね！

「『美観のマユミ』が『美胸のマユミ』になってしまう前に！」

「『美胸のマユミ』って何ですか」

先輩くんに苦笑された。

苦笑するなよ。この逆境で健気にも面白いことを言おうとしているわたしに。

「女性誌ですか」

「女性誌読んでるんですか、先輩くん……？」

あなたはあなたで、どんな本を読んでいるんだよ。

「はっはっは！　なんにせよ、これぞ団（チーム）というフォーメーションではないか。なんと美しい！」

しんがりを務めるボスのテンションは、いつもより高いくらいだった――インカムを利用した消音アイテムも使っているのだけれど（スペシャルサンクス・遊び人）、それじゃあ消しきれないくらいの高笑いだ。

最悪、中学生の悪戯（いたずら）で済むかどうかという算段をつけたくなってくる……、この手の隠（おん）密（みつ）行動に、もっとも向いていないリーダーである。

まあ、身もふたもない話、本当に隠密行動を徹底するなら、わたしと天才児くんのふたりだけでも決行できた作戦だ……、でも、リーダーにとっては、プランの成就よりも、団体行動であることのほうが大事なのだろう。

ひとりやふたりじゃなく、みんなであることが美しいのだ。

もうちょっと真剣にわたしのことを心配して欲しいと言う気持ちもないではないけれど、しかしここのところ暗いニュースが続いていたし、これが本来の、美少年探偵団のあるべき姿なのかもしれないと、わたしは思った――いや、わたしのヌードが公開されようとしているのは、別にお笑いニュースじゃないけどね？

■■

「しかし、十四歳のヌードはさすがに論外ですけれど、アートとエロスの境界線と言うのも、難しいところですよね」

「だよね、ナガヒロ。お前にとっては十四歳なんて論外だよね、ストライクゾーンは、もっと低めだもんね」

「私のストライクゾーンは低めなどではありません。親が勝手に決めたストライクゾーンが、たまたま低かっただけです」

たまたま低かっただけって。

別に先輩くんのストライクゾーンに入りたいと心から切望しているわけじゃないけれど、バッターがロリコンだからって理由で枠から外れていると思うと、純粋に腹立たしいものがあるな。

わたしはこんな奴に苦笑されたのか。

そんなロリコンとおててを繋いで歩いているこの状況を、果たしてどう受け止めたものだろう。

「健全さを突き詰め過ぎると、逆に不健全になっちまうのも、また真理なんじゃねーの？　ほら、推理小説に恋愛要素は入れるべきじゃねえってルール、あるだろ？」

反対側の手を繋いでいる不良くんが、ぶっきらぼうに言った——それはルールというほど厳格なものではないはずだが、まあ、ひとつの基準ではある。

実際、本格ミステリーには、妙にストイックな探偵像が多い……。

「けど、探偵が恋愛しねえってのは、一見格好いいように見えて、『食事しない』とか『眠らない』とかとおんなじくらい、不自然なことじゃねえか。名探偵は推理機械でいいってことなんだろうが……」

ふうむ。

風刺と言うより、これは達見だな。

食を重んじる料理人らしい意見とも見える。

今のわたしの危機的状況とは腹立たしいくらい関係のない話だけれど、聞くべき意見かもしれない……、まあ、結局のところ、そういう価値観って、時代や文化圏によってバラバラだったりもするので、一概には語れない。

十四歳ヌードがぜんぜん平気な時代や土地もあるわけで、じゃあそれがあってはならない間違いなのかと言えば、ひょっとすると千年後、笑われているのはわたし達のほうかもしれないのだ。

この頃の日本人は自然環境を守るとか言っちゃってたらしいよ！　とかね。弱者に人権があると思っていたなんて正気じゃないよ！　とか……、すげー怖いけど、これはありうるから怖いのだ。

ディストピアから見れば、わたし達もディストピアに暮らしている。

思い違いもしている。

たとえば日本は銃社会じゃない、と誰もが信じているけれど、実際には、社会の治安を守るおまわりさんは、普通に常時、ピストルを携帯しているわけだし――それが銃社会じゃなくてなんだ？　猟銃を持つのに免許がいるのと、自動車の運転に免許がいるのとは、何が違う？　今の日本はクルマ社会じゃないとでも？　十四歳ヌードに目くじらを立てるなら、じゃあ十四歳アイドルはいいのかという議論にすり替えられてしまう恐れもある――当たり前と思っているものは、思っているほど当たり前じゃなくて、正義の鎖でがんじがらめにされているようでいて、実際にはそんな正義の鎖は、存在していないこともある。

正義が存在しないのか、鎖が存在しないのか。

いつか時間があるときに、じっくり考えてみたいテーマではある——そんなことを言っている間に、きっと時間は過ぎていってしまうのだろうけれど。最強で最弱な、十四歳のときにしか考えられないこともある——二十歳になってから考えても、もう手遅れというような。

だから考えなきゃ。

手遅れになるより先に。

■■

十四歳ヌードの奪還に失敗したら指輪財団と差し違えてやる、それが無理なら天才児くんに責任を取ってもらう形で玉の輿に乗ってやると、強い覚悟を持って臨んだ不法侵入だったけれど、この決死のアドベンチャーは、しかしながらとても拍子抜けな形で終幕を迎えることになった。

展示エリアそのものは、そう苦労せずに突き止めることができたのだ。結構いいスペースに飾られていて、そのこと自体は、モデルとして誇らしく思うべきなのかもしれないけれど、問題は——問題の『なさ』は、その展示のされかただった。

ルーブル美術館では、それこそ何度も盗難の被害に遭ったかの名作、『モナ・リザ』はガラスケース越しに展示されているそうで、セキュリティの観点からは仕方のないことだとは言っても、やっぱり生で見たいと思う鑑賞者も少なくないようだが……、わたしのヌードは、ガラスケース越しどころではなかった。

キャンバスに描かれたわたしの裸体に、べったりと、スプレー糊か何かで、洋服が貼り付けられていたのである——カーディガンは長袖だし、手袋をつけているし、スカートはくるぶしまで届いているし、いっそのこと、目視できるのが頭部だけ、と言ったほうがわかりやすいかな？

要するに裸体の、裸体の部分が、ほぼほぼ隠されていたわけだ——鎖骨さえ見えていない行き届きぶりである。

ほら、『日傘の女』でも気取っているのか、帽子までかぶらされているよ？

わたし、ウサ耳をつけこそすれ、帽子なんて滅多にかぶらないんだけれど……、誰だこいつ？

「とんだ『着衣のマハ』もあったものですね」

と、ロリコンが苦笑——しない。

肩も竦めない。

「昔、日本の漫画が、海外に輸出されるときに、こんな感じに服を描き足されることがあったって、聞いたことがあるけれど……」

わたしのヌードに実は期待していたわけでもないだろうが、生足くんは、唖然とした風にそう零した——それを聞くと、天才児くんの筆致の上に、絵の具を塗りたくられなかっただけマシと思うべきなのだろうか？

思えるはずもない。

「…………」

推測するにこういうことだ。

天才児くんの絵画の素晴らしさに、館長が心打たれたのは本当で、この絵を広く公開したいと使命にかられたのも本当なのだろう——だけど、作者不明、モデル不明のヌード絵画を美術館の目玉に据えることへの葛藤も生じた。

十四歳ヌードであることに気付いたわけではないのだろうけれど、分別のある大人として、世間体と体裁を最大限に考慮した結果、予定通りに展示はしつつも、不謹慎だと物議を醸しそうな部分については丁寧に覆い隠すという方法を取る決定がなされたのだろう——妥協案と言うか。

話し合いの結果、すべてが台無しになる最悪の本末転倒でもあるけれど、これぞまさしく、真剣に大人が意見を戦わせた結果という気もする——だったらもう展示するのをやめちゃえよという意見が、誰からも出なかったということには、わざわざ驚くまでもないのだろう。

「上からの命令なら、人間はどこまで残酷なことができるのかって実験、あるじゃん。押したら被験者に電流が流れるボタンを渡されて、それを押す役割を担わされて、でも本当の被験者は自分でって奴(やつ)」

不良くんが、眺(なが)めながら言った。

わたしの描かれた天才児くんの絵画ではなく、その上に貼り付けられた分厚いお洋服を、眺めながら言った。

「そんなもん、実験の結果を待つまでもなく、その実験自体が残酷だよな。そうは思わねえ？」

このなんとも言えない空気を変えるために、ぜんぜん関係のない話をしているのかと思ったけれど、そういうことでもなさそうだ——無自覚は怖い。

この措置をベストだと思ってしまえる神経は——妥協案を名案だと思ってしまえる無神経は、恐怖の一言に値する。美術館側はこれを、弾圧どころか、規制とさえ思っていないだろう——新時代を切り開くナイスアイディアを閃(ひらめ)いたとなら、思っているかもしれないけれど。

「帰ろっか」

わたしは言った。

「入れ替える必要ないでしょ、これ。取り戻す必要もない。だって、こんなに厚着をさせてもらっているんだもの」

■
■

顚末がふたつ——

翌日、公開された作者不明、モデル不明の絵画は、非常に高く評価されたそうだ——わずかに見えている部分のクオリティもさることながら、その斬新な展示方法が、実に見事な現代風刺だと、話題をさらった。

ほしいままにした、評価を。

館長は絶対そんなつもりじゃなかったと思うんだけど……、まったく、何が評価に繫がるか、わからないものだ。その後、指輪美術館では、裸体の彫像に有名デザイナーが仕立てた衣服を着せて並べるという実に挑戦的な企画展示がおこなわれたことは、言うまでもない。

そしてもうひとつの顚末……、時間は前後するけれど、美術館への不法侵入からの帰り道。

「まゆ。俺はもう一度きみを描く」

口を開いたと思ったら……。

この子には先輩に対する敬意が一ミリもないのか？

ないらしい。

あるのは、アートに対する熱意だけだ。

「今度は誰にも隠されたりしない、まゆが世界に見せたいと思えるような絵を」

こっちはこっちでずれてんな。

ただ、表情にこそ出ていないけれど、あれを悔しいと思うだけの意地は、天才児くんにもあるらしい——それを自分の力不足だと思うだけのプライドも。

はいはい、とわたしは頷いた。

「わたしは逃げも隠れもしないわよ」

懲りもしない。

だって美少年探偵団のメンバーだから。

あとがき

絶対だと信じて疑わなかったものが絶対じゃなくなったときの衝撃というのはなかなか強烈です。この世に絶対はないって、もしかしてそういう意味だったの？　と、そのこと自体に価値観を根底から揺らされてしまうと言うか、自分の人生ごと全否定されたような気分になってしまいます。土台をぶっ壊されると言うより、中心軸を上からすっぽり抜き取られたみたいと言ったほうが正確っぽいですね。次なる絶対が、必ずしも新しい軸になってくれるわけでもありませんし、もうちょっと自分自身がしっかりしていたら、その絶対は、絶対であり続けていてくれたんじゃないかとさえ感じてしまうのですが、しかし元から絶対じゃなかったものを信じる力で絶対化していたのだとすれば、むしろ最初からそんなことをしないほうがよかったんじゃないかとも思ってしまうわけで、その辺りは永遠のループという気もします。そもそも視点を広く長く持てば、絶対なんて危なっかしいものはないほうがいいんでしょうし、価値観も人生観も、変化していくに越したことはないんでしょうけれども、そう簡単には割り切れませんよね。とは言え振り返ってみると、絶対が絶対じゃなくなる瞬間って、どうも唐突過ぎる気がして、その変化についていけないというのも偽りのない実感です。自分の感性に自分が振り回されています。本当はちょっとずつ変わっていることに、気付かずにいるだけなんでしょうが、その鈍さも、意図的に感性を鈍らせているだけなんじゃないかと言われると、そうなのかもしれないと答えざるを得ません。変わっているのは絶対のほうじゃなくて、自身のほうってケースもありますしね。絶対の対義語は相対ですけれど、しかし、対義語がある時点で絶対とは言えないのでは？　そして絶対と向き合っている相対的な相手は、やっぱり己なのでしょう。

そんなわけで美少年シリーズの第八作ですか。眉美さんもすっかりチームになじんだ風ですけれど、一方で先輩くんの卒業も迫っていますので、行く先はどうにも不透明ですね。シリーズ完結が迫っているのか、それとも！　そんな感じで『緑衣の美少年』でした。

表紙はキナコさんに『美学のマナブ』メインの一枚を描いていただきました。監督風リーダー、ありがとうございました。いつかカラーで長縄さんを描いていただきたいと切望しておりますので、その機会を目指して、精進したいと思います。

西尾維新

本書は書き下ろしです。

〈著者紹介〉

西尾維新（にしお・いしん）

1981年生まれ。2002年に『クビキリサイクル』で第23回メフィスト賞を受賞し、デビュー。同作に始まる「戯言シリーズ」、初のアニメ化作品となった『化物語』に始まる〈物語〉シリーズ、『掟上今日子の備忘録』に始まる「忘却探偵シリーズ」など、著書多数。

緑衣の美少年

2018年5月21日　第1刷発行　　定価はカバーに表示してあります
2025年2月25日　第4刷発行

著者…………西尾維新

発行者…………篠木和久
発行所…………株式会社 講談社
〒112-8001 東京都文京区音羽2-12-21
編集03-5395-3510
販売03-5395-5817
業務03-5395-3615

KODANSHA

本文データ制作…………講談社デジタル製作
印刷…………株式会社ＫＰＳプロダクツ
製本…………株式会社国宝社
カバー印刷…………株式会社新藤慶昌堂
装丁フォーマット…………ムシカゴグラフィクス
本文フォーマット…………next door design

ISBN978-4-06-294122-8　N.D.C.913　200p　15㎝

立てば芍薬、座れば牡丹、
歩く姿は百合の花、
放つ言葉は薔薇の棘――。
美少年探偵団に一夜にして持ち込まれた
グロテスクな巨大羽子板。
同時期に探偵事務所近辺に出没しだした
座敷童のような美少女。
この二者にはどんな関係が⁉
そして少女と探偵団の
過去の因縁とは――。
大人気コミカライズ‼

一万年に一人の最強ヒロイン。

「あたしの旅路を邪魔するな。
ぶっ殺すぞ」

名探偵にして、人類最強の請負人・哀川潤（あいかわじゅん）。
美女二人と連続殺人犯を追う、
ノンストップミステリー

人類最強のヴェネチア
西尾維新
NISIOISIN
Illustration/take
定価：本体1,600円（税別）　単行本　講談社

《最新刊》

魔法使いが多すぎる
名探偵倶楽部の童心

紺野天龍

人を不幸にしない名探偵を目指す大学生・志希が出会ったのは、自らを魔法使いと信じる女性だった。多重解決で話題沸騰！　シリーズ第二弾！